Marie José Mondzain

O QUE VOCÊ VÊ?

Uma conversa filosófica

ilustrações Sandrine Martin

tradução Mariângela Haddad

2ª edição
1ª reimpressão

Título original
Qu'est-ce que tu vois?

Edição geral
Sonia Junqueira

Tradução
Mariângela Haddad

Editoração Eletrônica
Alberto Bittencourt
Waldênia Alvarenga Santos Ataíde

Revisão
Ana Carolina Lins

Dados Internacionais de Catalogação na Publicação (CIP)
(Câmara Brasileira do Livro, SP, Brasil)

Mondzain, Marie José
O que você vê? Uma conversa filosófica / texto Marie José Mondzain; ilustrações Sandrine Martin ; tradução Mariângela Haddad. -- 2. ed.; 1. reimp. -- Belo Horizonte : Editora Yellowfante, 2023.

Título original: Qu'est-ce que tu vois?
ISBN 978-85-513-0778-6

1. Literatura infantojuvenil 2. Percepção de imagens - Literatura infantojuvenil 3. Realidade - Literatura infantojuvenil I. Martin, Sandrine. II. Título.

20-32525 CDD-028.5

Índices para catálogo sistemático:
1. Literatura infantojuvenil 028.5
2. Literatura juvenil 028.5

Maria Alice Ferreira - Bibliotecária - CRB-8/7964

A **YELLOWFANTE** É UMA EDITORA DO **GRUPO AUTÊNTICA** 

Belo Horizonte
Rua Carlos Turner, 420
Silveira . 31140-520
Belo Horizonte . MG
Tel.: (55 31) 3465 4500

São Paulo
Av. Paulista, 2.073,
Horsa I Sala 309 . Bela Vista
01311-940 . São Paulo . SP
Tel.: (55 11) 3034-4468

www.editorayellowfante.com.br
SAC: atendimentoleitor@grupoautentica.com.br

para Maè, Marin, Arturo, Noémie,
Elena, Sara, Alice e Mael

Introdução

Este livro foi escrito na companhia de crianças. Tive encontros com elas, durante dois anos, em escolas de diversas cidades da França e em vários bairros de Paris. Conversamos sobre tudo o que vemos, tanto na realidade quanto nas imagens. E tudo o que está dito neste diálogo imaginário foi realmente falado por algumas dessas crianças durante nossos encontros.

Essa aventura foi possível graças aos diretores e às diretoras das escolas que me acolheram e, principalmente, graças aos professores e professoras que participaram de nosso projeto. Gostaria de agradecer particularmente a Peggy Gallego e Cathy Lacoste, em Paris, e a Madeleine Isenmann, em Strasbourg, que compreenderam realmente o que estávamos discutindo e dividindo. Agradeço, com reconhecimento e ternura, a todas as crianças que me ajudaram a compreender as alegrias, tristezas e medos que as imagens do mundo em que vivemos nos provocam.

Este livro é dirigido também a todas as crianças e a todos os adultos que, juntos, observam o mundo.

Marie José Mondzain

Você vê a mesma coisa que eu vejo?

BOM DIA, EU ME CHAMO MARIE
JOSÉ E SOU FILÓSOFA.
VOCÊ É O QUÊ?
FILÓSOFA.
NÃO SEI O QUE ESSA
PALAVRA QUER DIZER.
TUDO BEM, ESSA NÃO É
UMA PALAVRA MUITO USADA
NO DIA A DIA.

APESAR DISSO, PRATICO A FILOSOFIA TODOS OS DIAS, E, PROVAVELMENTE, VOCÊ TAMBÉM.
COMO ASSIM?
SER FILÓSOFO É, ANTES DE MAIS NADA, FALAR E REFLETIR SOBRE TODAS AS QUESTÕES QUE COLOCAMOS PARA NÓS MESMOS QUANDO ESTAMOS SÓS OU QUANDO ESTAMOS JUNTOS.
SÃO QUESTÕES PARA AS QUAIS NINGUÉM TEM A RESPOSTA ABSOLUTA, NINGUÉM É MAIS SÁBIO DO QUE O OUTRO.
QUESTÕES SOBRE O MUNDO?

MARIE JOSÉ Sim, sobre o mundo e sobre todas as coisas sobre as quais não temos tanta certeza.

EMMA Então, nesse caso, eu, que faço perguntas o tempo todo, sou filósofa também!

MARIE JOSÉ Não sei se você é exatamente uma filósofa, mas acho que, juntas, podemos muito bem fazer filosofia.

EMMA Então, filosofia não é uma profissão.

MARIE JOSÉ Sim e não... Filosofia é uma maneira de pensar e de falar que parece com a maneira de falar e de pensar de todo mundo; mas, ao mesmo tempo, ser filósofo é uma maneira específica de fazer perguntas sobre o que dizemos e sobre o que pensamos. É um jeito de nos desenvolvermos juntos, conversando.

EMMA Qual é esse jeito?

MARIE JOSÉ Prefiro fazer perguntas que não têm uma resposta certa, perguntas que nós nos fazemos a vida toda.

EMMA Que tipo de pergunta?

MARIE JOSÉ Perguntas que têm muitas respostas possíveis, respostas que mudam conforme os movimentos do mundo, sobre as quais mudamos de opinião, como, por exemplo, sobre todas as coisas que nos acontecem.

EMMA Como a morte?

MARIE JOSÉ Sim, por exemplo.

EMMA Então você vai me fazer perguntas?

MARIE JOSÉ Sim, mas são perguntas que faço a mim também.

EMMA E que perguntas você se faz?

MARIE JOSÉ Peguei o hábito de me fazer perguntas sobre o que vejo e sobre o que acredito.

EMMA Você se pergunta sobre o que você vê?

MARIE JOSÉ Sim.

EMMA Por quê? O que vemos está claro. Não imagino que perguntas você vai me fazer, a não ser que você fosse cega; aí, sim, você me perguntaria o que eu vejo, porque você não seria capaz de vê-lo.

MARIE JOSÉ Não sou cega, mas não sei se vemos a mesma coisa.

“Eu te proponho refletirmos juntas sobre as coisas que vemos em torno de nós e, particularmente, sobre as imagens.”

EMMA Os filósofos não veem como todo mundo?

MARIE JOSÉ Sim e não. Eles nem sempre falam como todo mundo sobre aquilo que eles veem.

EMMA Bem, e do que vamos falar?

MARIE JOSÉ Eu te proponho refletirmos juntas sobre as coisas que vemos em torno de nós e, particularmente, sobre as imagens.

BEM, E DO QUE VAMOS FALAR?
EU TE PROPONHO REFLETIRMOS JUNTAS SOBRE AS COISAS QUE VEMOS EM TORNO DE NÓS.

E, PARTICULARMENTE, SOBRE AS IMAGENS.
COMO VOCÊ FAZ PARA REFLETIR SOBRE O QUE VÊ?
EU FALO.

EMMA Se vemos a mesma coisa, pensamos a mesma coisa.

MARIE JOSÉ Tem certeza? Como podemos saber disso?

EMMA Se eu vejo meu gato e você vê meu gato, nós duas pensamos a mesma coisa: pensamos que é um gato, que é meu gato.

MARIE JOSÉ Certo. Mas... e se eu não vejo seu gato, mas você, mesmo assim, quer que eu pense como você, o que é preciso fazer?

EMMA Vou te falar dele e fazer um desenho.

MARIE JOSÉ Ou seja, é preciso usar palavras e imagens.

EMMA É, é verdade.

MARIE JOSÉ E como vamos fazer para ter certeza de que com essas palavras e imagens pensamos realmente a mesma coisa?

EMMA É só olhar no dicionário.

MARIE JOSÉ É verdade, assim podemos resolver a questão das palavras. Mas como entrar num acordo sobre o que vemos e sobre as imagens?

EMMA Por não existir um dicionário de imagens?

MARIE JOSÉ Exatamente.

EMMA Mas, quando eu aprendi a ler, havia sempre uma imagem ao lado da palavra.

MARIE JOSÉ É verdade.

EMMA Então, você vai me ensinar todas as palavras que correspondem a todas as imagens e a tudo o que vemos?

MARIE JOSÉ Você acha que isso é possível?

EMMA Não sei. Vejo tanta coisa! Nunca vou conseguir aprender tantas palavras assim...

MARIE JOSÉ Olhe em volta de nós agora. Tenho certeza de que você pode me dizer tudo o que vê. Você tem palavras suficientes para isso, não tem?

EMMA Tenho, sim.

MARIE JOSÉ Então, vamos lá, me diga tudo o que vê.

EMMA Vejo você, vejo a mesa, a janela, as cadeiras, minha mochila, meu caderno, minha borracha, meus sapatos, minhas mãos e meus pés. Vejo a lâmpada, vejo a lousa e a porta. Ufa, chega!

MARIE JOSÉ Você não disse a cor de todas essas coisas.

EMMA Posso dizer as cores também?

TUDO

MARIE JOSÉ Você pode descrever a forma da mesa, a forma da mochila e também a forma da lâmpada.

EMMA Eu nunca vou conseguir dizer tudo!

MARIE JOSÉ Você acha que a gente pode dizer tudo o que vê?

EMMA Tudo, tudo, tudo?

MARIE JOSÉ Sim, realmente tudo, tudo, tudo.

"Mas seriam necessárias milhões de palavras para falar de milhões de coisas. Impossível, nunca conseguiríamos."

EMMA Não ia ter fim.

MARIE JOSÉ E se a gente tentasse, poderia conseguir palavras para tudo?

EMMA Sim, poderia, mas eu ainda não sei palavras suficientes para isso.

MARIE JOSÉ Mas você já conhece muitas palavras.

EMMA Sim, mas não todas, existem muitas que ainda não conheço.

MARIE JOSÉ Você pode aprendê-las. Afinal, quase todos os dias, você aprende um pouco mais.

EMMA É verdade, conheço cada vez mais palavras.

MARIE JOSÉ Então, cada vez mais, você vai poder falar das coisas que vê.

EMMA Mas seriam necessárias milhões de palavras para falar de milhões de coisas. Impossível, nunca conseguiríamos.

MARIE JOSÉ Como fazer, então?

EMMA Seria bom se houvesse uma palavra para dizer tudo, para dizer de uma vez só tudo o que existe.

MARIE JOSÉ Uma palavra só, que contivesse todas as palavras?

EMMA E que explicaria todas as imagens.

MARIE JOSÉ Uma palavra absoluta?

EMMA Sim, uma palavra que, de uma vez só, dissesse o mundo inteiro.

MARIE JOSÉ Aí a gente não precisaria mais falar.

EMMA Mas seria como se a gente não existisse mais.

MARIE JOSÉ Por que você pensa assim?

EMMA Porque eu também estaria dentro dessa palavra, seria uma palavra que me engoliria.

MARIE JOSÉ Está vendo, você já começou a sonhar como os filósofos!

TUDO

SERIA BOM SE HOUVESSE UMA PALAVRA PARA DIZER TUDO, PARA DIZER DE UMA VEZ SÓ TUDO O QUE EXISTE.
UMA PALAVRA SÓ, QUE CONTIVESSE TODAS AS PALAVRAS?
E TODAS AS IMAGENS.
UMA PALAVRA ABSOLUTA?
SIM, UMA PALAVRA QUE, DE UMA VEZ SÓ, DISSESSE O MUNDO INTEIRO.

AÍ A GENTE NÃO PRECISARIA MAIS FALAR.

E SERIA COMO SE A GENTE NÃO EXISTISSE MAIS.
POR QUÊ?

PORQUE EU TAMBÉM ESTARIA DENTRO DESSA PALAVRA, SERIA UMA PALAVRA QUE ME ENGOLIRIA.

ESTÁ VENDO, VOCÊ JÁ COMEÇOU A SONHAR COMO OS FILÓSOFOS!

MARIE JOSÉ Mas, já que essa palavra não existe, podemos continuar existindo.

EMMA E falando!

MARIE JOSÉ Sim, falando de tudo o que vemos, mesmo não conseguindo dizer tudo sobre tudo o que vemos.

EMMA Posso até falar daquilo que nunca vi.

MARIE JOSÉ De que, por exemplo?

EMMA Dos dinossauros e das fadas.

MARIE JOSÉ Você pode também me contar seus sonhos, que eu nunca vi.

EMMA Então, você acha que também é preciso aprender palavras para dizer tudo o que a gente não vê?

MARIE JOSÉ Podemos tentar.

"Posso até falar daquilo que nunca vi."

EMMA Desse jeito, vamos estar sempre de acordo uma com a outra?

MARIE JOSÉ Podemos não estar de acordo sobre aquilo que vemos.

EMMA Mas você me disse que era preciso falar para estar de acordo e que isso era suficiente.

MARIE JOSÉ Claro, é preciso falar para estar de acordo sobre o que a gente vê, para ter certeza de que falamos da mesma coisa. Mas podemos ter uma opinião diferente sobre uma mesma coisa. A gente também fala para discordar ou para dizer que não estamos de acordo.

EMMA Explique-me.

MARIE JOSÉ Por exemplo, você me fala do seu gato, você me mostra uma imagem em que se vê seu gato; até aí estamos de acordo, é

mesmo o seu gato. Mas, em seguida, você me diz "meu gato é o gato mais lindo do mundo". Aí, eu te digo que acho que você exagera, que existem gatos mais bonitos do que o seu e que, aliás, ele é o gato mais feio que já vi em toda a minha vida!

EMMA Aí, eu é que não concordo mais.

MARIE JOSÉ E, nesse caso, o que fazer para não brigarmos?

EMMA É só falar de outra coisa, é só falar de coisas sobre as quais concordamos sempre.

MARIE JOSÉ Você acha que isso é possível?

EMMA Sim, por exemplo, quando a professora diz que dois mais dois são quatro, todos nós concordamos.

MARIE JOSÉ Por que você concorda?

EMMA Porque é verdade.

MARIE JOSÉ Mas alguém perguntou se você concorda?

EMMA Claro que não!

MARIE JOSÉ A professora não diz "na minha opinião, dois mais dois são quatro, e esta é minha opinião de hoje de manhã".

EMMA Isso seria bem engraçado.

MARIE JOSÉ E se ela acrescentasse "amanhã pode ser diferente"?

EMMA Eu acharia que ela está meio doida.

"Então, você acha que é preciso também aprender palavras para dizer tudo o que não vemos?"

VOCÊ ACHARIA BOM FALAR SOMENTE DE COISAS SOBRE AS QUAIS TODO MUNDO ESTÁ DE ACORDO, SOBRE AS QUAIS NINGUÉM PODE DAR SUA OPINIÃO PESSOAL?
AH, NÃO, GOSTO MUITO DE FALAR E DIZER O QUE PENSO, DO QUE GOSTO E DO QUE NÃO GOSTO, ESSAS COISAS...

MARIE JOSÉ Você acharia bom falar somente de coisas sobre as quais todo mundo está de acordo, sobre as quais ninguém pode dar sua opinião pessoal?
EMMA Ah, não, gosto muito de falar e dizer o que penso, dizer do que gosto, do que não gosto, essas coisas...
MARIE JOSÉ Você gosta de conversar.

EMMA Gosto muito! Dizem até que falo demais e escuto pouco... Agora posso dizer que é porque sou filósofa.

MARIE JOSÉ Ou seja, você se faz perguntas e reflete sobre todas essas coisas que não têm resposta certa e que mudam de acordo com cada um; às vezes, até, mudam todos os dias.

EMMA Como você disse que os filósofos fazem!

MARIE JOSÉ Sim. Mas será que existem coisas sobre as quais geralmente todos estão de acordo e que, apesar disso, não são tão certas como dois e dois são quatro?

EMMA Você quer dizer coisas que mudam o tempo todo?

MARIE JOSÉ Sim, como a chuva e o tempo bom.

EMMA Se eu digo, por exemplo, que hoje o tempo está bom e que é preciso ir à escola... aí estaremos de acordo?

MARIE JOSÉ Exatamente. Como poderíamos chamar essas coisas?

EMMA Você quer dizer aquilo que é verdade agora?

MARIE JOSÉ Sim.

EMMA E que pode mudar?

MARIE JOSÉ Isso mesmo.

EMMA Bem, pode-se dizer que é a realidade.

MARIE JOSÉ Por exemplo?

EMMA Se eu digo que neste momento não chove.

MARIE JOSÉ Na sua opinião, se a gente falasse apenas das coisas que são sempre certas e das coisas reais que podemos constatar imediatamente com nossos olhos, precisaríamos de filósofos?

EMMA Não, talvez não.

MARIE JOSÉ Você ficaria chateada?

EMMA Não sei, mas é verdade que não podemos falar somente do que é certo ou da chuva e do bom tempo... Isso seria bem cansativo.

MARIE JOSÉ Por quê?

EMMA Porque nunca mais diríamos o que pensamos, e eu nem teria mais vontade de falar.

MARIE JOSÉ Bastaria aprender a escrever bem e a calcular bem, sem nunca se questionar sobre o que não é certo.

EMMA Seria como a vida dos robôs.

MARIE JOSÉ Como é a vida dos robôs?

EMMA Não é vida.

MARIE JOSÉ É como a morte?

EMMA É um pouco dos dois. Os robôs falam como máquinas que nunca cometem erros.

MARIE JOSÉ Mas eu me pergunto se quem sabe ler bem e calcular bem é capaz de responder sem erros a todas as questões possíveis.

EMMA Não, acho que não, você me disse que há questões para as quais ninguém sabe a resposta...

MARIE JOSÉ Você gostaria de um mundo onde todos estivessem de acordo sobre tudo, onde todas as pessoas pensassem e dissessem a mesma coisa?

EMMA Eles viveriam como máquinas. Pareceriam robôs! Nos filmes, os robôs sempre obedecem e sempre concordam com tudo.

MARIE JOSÉ Você acha que, quando todo mundo pensa a mesma coisa, todo mundo é obediente?

EMMA Sim.

MARIE JOSÉ Nesse caso, eles não são mais livres?

EMMA Não, ninguém pede mais sua opinião, eles são como robôs.

MARIE JOSÉ Em alguns filmes, os robôs não obedecem mais.

"Então, um filósofo é como um robô com defeito...?"

EMMA Isso dá medo. Eu mesma já vi filmes em que os robôs se estragavam, ficavam com defeitos. Lembro de um em que o robô respondia tudo atrapalhado.

MARIE JOSÉ Poderíamos imaginar robôs que fazem perguntas a si mesmos e não sabem mais responder.

EMMA Então, um filósofo é como um robô com defeito...?

MARIE JOSÉ Essa ideia me agrada bastante.

PODERÍAMOS IMAGINAR ROBÔS
QUE FAZEM PERGUNTAS A SI MESMOS
E NÃO SABEM MAIS RESPONDER.
ESSA IDEIA ME
AGRADA BASTANTE.
ENTÃO, UM FILÓSOFO
É COMO UM ROBÔ
COM DEFEITO...?

MARIE JOSÉ O filósofo prefere fazer perguntas a si mesmo, inclusive sobre coisas de que os outros têm certeza.

EMMA Explique melhor.

MARIE JOSÉ Vejamos como isso funciona. Se eu digo "como vai você?" e você me responde "bem", acredito em você.

EMMA Isso é bom.

MARIE JOSÉ E, no entanto, isso não é uma verdade assim como dois e dois são quatro; também não é real como quando dizemos que chove quando chove. Porque essa é uma pergunta que só você pode responder.

EMMA Então, isso é uma verdade como... o quê?

MARIE JOSÉ Eis uma questão filosófica: quando falamos do que sentimos, do que os outros não veem quando nos escutam, como conseguimos falar uns com os outros, nos compreender, acreditar uns nos outros?

"Como conseguimos falar uns com os outros, nos compreender, acreditar uns nos outros?"

EMMA Podemos falar do que sentimos, do que pensamos, do que acreditamos, sem ter certeza disso tudo.

MARIE JOSÉ É isso também. Se pergunto agora "como vai o mundo inteiro?", você percebe que a resposta vai ser difícil e longa, porque nem você nem eu podemos dizer "o mundo inteiro vai bem" ou "o mundo inteiro vai mal", e não adianta olhar pela janela para saber a resposta.

EMMA Seria preciso ter visto o mundo inteiro, seria preciso poder ver o mundo inteiro pela janela.

MARIE JOSÉ E por que você não viu o mundo inteiro?

EMMA Porque sou muito pequena e não pude ir pelo mundo afora.

MARIE JOSÉ Então, você pensa que só quem saiu pelo mundo afora pode nos dizer como vai o mundo, e que quem ficou em casa não pode responder a essa pergunta?

"Podemos falar do que sentimos, do que pensamos, do que acreditamos sem ter certeza disso."

EMMA Com a televisão, todos podem ver o mundo inteiro sem sair de casa.

MARIE JOSÉ Você acha que foi a televisão que inventou a ideia do mundo inteiro?

COM A TELEVISÃO, PODEMOS VER O MUNDO INTEIRO SEM SAIR DE CASA.
VOCÊ ACHA QUE FOI A TELEVISÃO QUE INVENTOU A IDEIA DO MUNDO INTEIRO?

EMMA Não, acho que não, mas antigamente, quando as pessoas falavam do mundo inteiro, elas não o viam com as imagens que vemos hoje. Elas inventavam suas imagens. Nós, sim, vemos o mundo de verdade.

MARIE JOSÉ Bem, então, você concorda que já houve épocas em que as pessoas falavam do mundo inteiro sem tê-lo visto pela televisão.

EMMA Sim, acho que sim.

MARIE JOSÉ Ou seja, o mundo é uma ideia, e a televisão é um conjunto de imagens que vêm de várias partes do mundo.

EMMA Sim, acho que sim.

MARIE JOSÉ Quando quero saber como vai o mundo, será que basta assistir televisão?

EMMA Não, é como se eu olhasse por uma grande janela.

MARIE JOSÉ E, por uma janela, não vemos nada por inteiro.

EMMA Se eu me debruço na janela, vejo um pouco mais de coisas.

MARIE JOSÉ Mas será que podemos nos debruçar na televisão para ver mais coisas do que as que estão na tela?

EMMA Claro que não! Podemos ver apenas o que está na tela.

MARIE JOSÉ Então, como podemos fazer para pensar no resto do mundo?

EMMA Temos que imaginá-lo por meio de ideias.

MARIE JOSÉ E falar dele por meio de palavras.

EMMA Mas, agora mesmo, dissemos que não tínhamos palavras suficientes para dizer tudo o que vemos.

MARIE JOSÉ E agora temos muitas palavras mas não conseguimos ver tudo.

EMMA Há muitas imagens e muitas palavras, mas nem sempre elas andam juntas... é isso?

MARIE JOSÉ Isso mesmo. O que fazemos é tentar falar com as palavras mais exatas aquilo que vemos com nossos próprios olhos e aquilo que vemos graças às imagens que nos chegam de todos os lugares.

"Mas antes da televisão, para pensar no mundo, já existiam muitas palavras."

EMMA Principalmente pela televisão.

MARIE JOSÉ Mas antes da televisão, para pensar no mundo já existiam muitas palavras.

EMMA Então, quando não havia televisão, as pessoas precisavam de mais palavras?

MARIE JOSÉ Sem dúvida. Na frente da televisão, não falamos muito. É por isso que todo mundo acha que falamos da mesma coisa.

EMMA Entendo, mas a televisão mostra várias partes do mundo e muitas coisas que eu nunca poderia imaginar e que provavelmente nunca verei.

MARIE JOSÉ Ela nos ensina coisas, mas será que ela pode nos dizer o que pensar sobre essas coisas? Será que ela pode nos dizer se temos a mesma opinião sobre o que vemos?

EMMA Não sei.

MARIE JOSÉ Muito bem. Vamos tentar falar disso tudo e escrever num caderno o que conversarmos. E, já que esse será um caderno diferente, no qual vamos escrever o que pensamos ou vamos desenhar as coisas de que falaremos, que nome podemos dar a ele?

EMMA Ah, vou chamá-lo de "o caderno do pensamento do mundo"

Como ver uma imagem de si mesmo?

MARIE JOSÉ Ah, é? Você se vê com seus olhos?

EMMA Vejo minhas mãos, meus pés, minha barriga, mas, é verdade, não vejo meu rosto.

MARIE JOSÉ Então, como você faz para ver seu rosto?

EMMA Fico na frente de um espelho.

MARIE JOSÉ Existem outras maneiras de você ver sua própria imagem?

EMMA Posso me ver numa foto ou num vídeo.

MARIE JOSÉ Ou seja, eu preciso sempre de um instrumento que me mostre minha imagem, quero dizer, a imagem do meu rosto.

EMMA Sim.

MARIE JOSÉ Mas será que existem outros meios de se ver?

EMMA Posso pedir a você para fazer meu retrato, principalmente se você souber desenhar bem.

MARIE JOSÉ Um pintor ou um desenhista que faz um retrato... isso é bem diferente de um instrumento.

EMMA Sim, é uma pessoa como eu, mas que olha para mim.

MARIE JOSÉ Você diria que um espelho te olha?

EMMA Claro que não! Ele me reflete sem me olhar. Sou eu mesma que me olho no espelho.

MARIE JOSÉ Então, você vê a si própria no espelho?

EMMA Sim.

MARIE JOSÉ Mas, quando você olha seu retrato desenhado, você se reconhece da mesma maneira como se reconhece no espelho?

EMMA Ah, não mesmo! E quando é algum amigo meu que faz meu retrato, aí é que não me reconheço de jeito nenhum!

MARIE JOSÉ Por que não?

EMMA Porque eles desenham mal.

MARIE JOSÉ Quer dizer então que, para sabermos com o que nos parecemos, é melhor usar instrumentos?

EMMA Sim, no espelho ou na foto, pelo menos, é parecido, vejo como sou realmente.

MARIE JOSÉ Tem certeza?

EMMA Sim.

MARIE JOSÉ Podemos confiar na imagem refletida nos espelhos?

EMMA Sim.

MARIE JOSÉ Como ter certeza disso?

EMMA Eu sei que sou eu o que vejo no espelho.

MARIE JOSÉ Imagine um espelho mentiroso, que te engana.

EMMA Isso não existe! Mas já vi num parque de diversões uns espelhos que deformavam a imagem da gente. Eu me vi muito pequena e muito gorda, ou então muito alta e muito magra.

MARIE JOSÉ E você sabia que aquela não era você.

EMMA Claro, mas foi engraçado e eu ri muito, porque não sou daquele jeito.

MARIE JOSÉ Tudo bem, mas você ainda não me disse como você se reconhece num espelho normal.

EMMA Espere um pouco, deixe-me pensar... Pronto, já sei: quando, por exemplo, estou na frente de um espelho com meu irmão ou minha irmã e vejo que o reflexo deles é realmente igual a eles e, como estamos juntos diante do espelho, eles também me reconhecem, aí nós três temos certeza de que a imagem é parecida conosco, temos certeza de que somos exatamente como nos vemos no espelho.

MARIE JOSÉ Cada um de vocês vê a similaridade do outro no espelho.

EMMA Sim, é isso mesmo, no espelho eu me vejo como eles me veem.

MARIE JOSÉ Só eles?

EMMA Não, não somente eles. Se fosse com qualquer outra pessoa, seria a mesma coisa. No espelho, eu me vejo como todos os outros me veem.

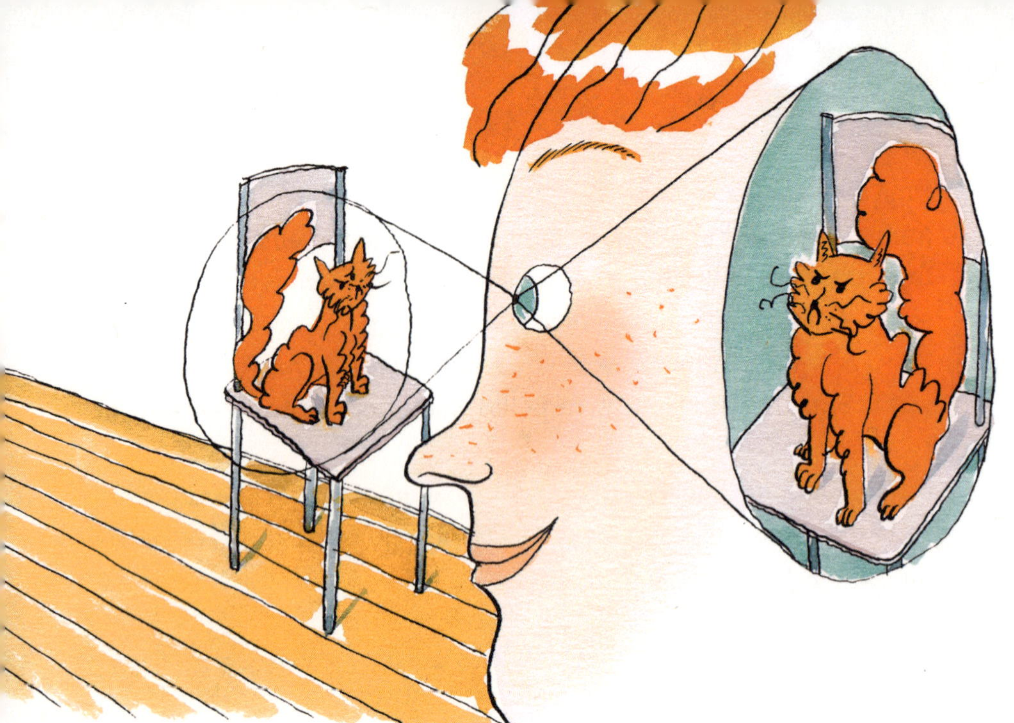

MARIE JOSÉ Para ver a si próprio, é sempre preciso o olhar do outro?

EMMA Talvez, sim... Mas agora estou pensando numa coisa: se eu estiver sozinha diante de um espelho e olhar minhas mãos ou minhas pernas e vir que elas são parecidas com o reflexo delas...

MARIE JOSÉ Exatamente... Nesse caso, você pode pensar que, se isso é verdade, seu rosto também deve ser parecido com o reflexo dele.

EMMA Isso mesmo.

MARIE JOSÉ Ou seja, não tem mais necessidade de outras pessoas. Agora você está pensando que não precisamos de ninguém para nos reconhecermos num espelho.

EMMA Não sei, você está me confundindo.

MARIE JOSÉ Será que os animais se reconhecem num espelho?

EMMA Não sei. Vi numa revista um chimpanzé que parecia sorrir ao se ver num espelho. E, às vezes, tenho a impressão de que meu gato também se reconhece.

MARIE JOSÉ Tem certeza?

EMMA Não.

MARIE JOSÉ E, no entanto, ele está diante de seu reflexo.

EMMA Sim, mas ele não diz para si mesmo que ele está diante de seu reflexo.

MARIE JOSÉ Você acabou de nos dar uma pista para compreender melhor.

EMMA Como assim?

MARIE JOSÉ Você diz que, para se reconhecer, é preciso poder dizer para si mesmo que você se reconhece. Seu gato não se diz nada.

EMMA Sim, é verdade, ele não se diz "sou eu, o Bigode".

MARIE JOSÉ Então, para se reconhecer, é preciso ter a palavra, é preciso poder falar?

EMMA Mas eu nem sempre falo quando estou diante do espelho.

MARIE JOSÉ A gente pode estar em silêncio e ainda assim se dizer alguma coisa no interior de si próprio.

EMMA Sim.

MARIE JOSÉ O que a gente se diz no interior de si mesmo diante de um espelho?

EMMA Bem, eu digo para mim mesma "sou eu".

MARIE JOSÉ E o que você quer dizer quando você se diz "sou eu"?

EMMA Quero dizer que eu sou assim, como o que vejo. Digo que me pareço com isso, que sou eu mesma.

MARIE JOSÉ Você se parece com seu reflexo e ele tem o mesmo nome que você?

EMMA De jeito nenhum, é meu reflexo que se parece comigo, não sou eu que me pareço com ele. E as outras pessoas, ao vê-lo, podem dizer meu nome.

MARIE JOSÉ E quando você diz "sou eu", você pensa que você existe em dobro, que uma parte de você está lá dentro, do outro lado do espelho?

EMMA Oh, não, isso seria horrível! Eu não estou lá; o que vejo não sou eu. No parque de diversões, no labirinto de espelhos, a gente se vê em muitos mais reflexos.

MARIE JOSÉ Que efeito isso causa em você?

EMMA Um labirinto é feito para a gente acreditar que se perdeu; depois, ao sair, a gente fica bem contente.

MARIE JOSÉ Você gosta de se perder em meio a milhares de imagens suas?

EMMA Por pouco tempo, sim, para rir, mas não gosto por muito tempo.

MARIE JOSÉ Então, seu reflexo é uma imagem de você que se parece com você mas que é diferente de você.

EMMA Sim, meu reflexo não sou eu. Não gosto quando ele me engole.

MARIE JOSÉ Você me disse que seu reflexo não te olhava, que era você que olhava seu reflexo.

EMMA Sim, sou eu que digo meu nome, não é o reflexo que fala.

MARIE JOSÉ E se o reflexo começasse a falar com você?

EMMA Eu morreria de medo.

MARIE JOSÉ Medo, como?

EMMA Medo como se estivesse diante de um fantasma que vai me engolir.

"Você me disse que seu reflexo não te olhava, que era você que olhava seu reflexo."

MARIE JOSÉ Então, você se vê como qualquer outra pessoa vê você, mas você não se vê no espelho como se seu fantasma olhasse para você.

EMMA Isso mesmo.

MARIE JOSÉ Vou voltar ao que dizíamos agora há pouco.

EMMA O quê? Esqueci...

MARIE JOSÉ Dizíamos que, para se ver, é preciso sempre haver outra pessoa. Mas, mesmo se você estiver sozinha diante do espelho, você sabe que o que está lá dentro não é nem uma parte de você nem um fantasma.

EMMA Sim, com um espelho eu vejo como sou, mas isso é apenas uma imagem que não existe sem mim; quando saio da frente do espelho, não fica nada dentro dele!

MARIE JOSÉ O espelho não pode guardar a sua imagem.

EMMA Isso mesmo.

MARIE JOSÉ Uma imagem não tira nada daquilo que ela representa. Uma foto sua também não tira nada de você. Você sabia que algumas pessoas acreditam que, quando fazemos uma imagem do corpo delas, é como se tirássemos alguma coisa que lhes pertence, como se lhes roubássemos algo?

> "Uma imagem não é uma coisa real como uma pessoa."

EMMA Que ideia estranha. Uma imagem não é uma coisa real assim como uma pessoa o é.

MARIE JOSÉ E você? Você existe além de sua imagem no espelho?

EMMA Claro, mas com uma ideia a mais na cabeça.

MARIE JOSÉ Uma ideia de quê?

EMMA Daquilo com que eu pareço.

MARIE JOSÉ Tudo bem, então vamos ver o que é preciso para que essa ideia esteja realmente aí.

EMMA Preciso de um espelho e preciso que eu ou uma outra pessoa me fale que sou eu.

MARIE JOSÉ Nisso estamos de acordo.

EMMA Não, acho que não. Posso fazer uma pergunta?

MARIE JOSÉ Claro!

EMMA Vi no parque um bebê que não sabia falar, mas que parecia se reconhecer.

MARIE JOSÉ Como você percebeu isso?

EMMA Ele tinha um brinquedo com um espelho que rodava. Tenho certeza de que se reconhecia, e, no entanto, ele não falava nem uma palavra.

MARIE JOSÉ Você tem certeza de que ele se reconhecia?

EMMA Sim, acho que sim, e vi bem que era um bebê que ainda não sabia falar.

MARIE JOSÉ Na sua opinião, o que ele via no espelho?

EMMA Bom, acho que ele se via, mas ele não se dizia "sou eu".

MARIE JOSÉ Ou seja, ele não se reconhecia.

EMMA Mas claro que se reconhecia! Estou te falando, ele estava todo contente.

MARIE JOSÉ Mas como você sabe que ele estava contente?

EMMA Porque esse bebê ria e soltava uns gritinhos todas as vezes que olhava no espelho e não parava de se divertir com esse brinquedinho.

MARIE JOSÉ Como era esse brinquedo?

EMMA Era um brinquedo que girava e tinha dois lados: de um lado era o espelho e, do outro, um coelhinho.

"Na sua opinião, o que ele via no espelho?"

MARIE JOSÉ Então, o bebê via ora o espelho, ora o coelho.

EMMA Sim, isso mesmo. O bebê rodava o brinquedo e se via. Ele ria como se estivesse brincando de "achou!", aquele jogo em que a gente se esconde e, quando aparece, grita "achou!".

MARIE JOSÉ Então, ora ele se via, ora ele não se via. Ele estava brincando sozinho de esconde-esconde, é isso?

EMMA Isso mesmo, e ele estava bem contente. Ele não gritava como os bebês normalmente gritam.

MARIE JOSÉ Ele gritava como?

EMMA Não era como quando eles têm fome ou dor de barriga e a gente sabe que eles não estão contentes.

MARIE JOSÉ Que tipo de grito era?

EMMA Era como se ele tivesse vontade de falar. Nós dois ríamos muito, como se estivéssemos conversando pela primeira vez.

MARIE JOSÉ Você está dizendo coisas tão importantes que vamos parar para respirar um pouco.

"Você disse que nossos olhos nos fazem sair e ir para longe de nós."

EMMA O que que eu disse de importante?

MARIE JOSÉ Você disse que, para se reconhecer, é preciso ver uma imagem de si que seja parecida. Depois, você disse que essa imagem sou eu e também não sou eu, mesmo que eu dê a ela meu nome. Disse que nossos olhos nos fazem sair e ir para longe de nós. E, por fim, você disse que essa imagem dá vontade de falar.

EMMA Eu disse tudo isso? Puxa, é por isso que estou tão cansada. Estou até meio tonta.

Como ver o que nossos olhos não veem?

VOCÊ ME DISSE QUE ESSE BEBÊ QUE BRINCAVA COM O ESPELHO AINDA NÃO FALAVA, MAS PARECIA SE RECONHECER.
SIM, MAS TALVEZ SEJA SÓ IMPRESSÃO MINHA.

VOCÊ ACHA QUE PODE NÃO SER ISSO?

EU SOZINHA NÃO TENHO CERTEZA DE NADA. MAS, QUANDO NÓS DUAS CONVERSAMOS, ACHO QUE CONSEGUIMOS COMPREENDER ALGUMAS COISAS.
É VERDADE.

MARIE JOSÉ Então, vamos voltar ao bebê. Na sua opinião, você já tinha uma imagem de você antes de se ver num espelho?

EMMA Não, nem mesmo em foto.

MARIE JOSÉ Como assim?

EMMA A gente tira um monte de fotos dos bebês, mas nunca mostra a eles para que se reconheçam. Eu lembro que, quando minha irmã nasceu, eu adorava uma foto de nós duas juntas. Então, mostrei a ela essa foto.

"Algumas pessoas conseguem falar com os bebês quando eles ainda estão na barriga da mãe."

MARIE JOSÉ E o que aconteceu, como ela reagiu?

EMMA Ela nem ligou!... Até puxou a foto da minha mão e pôs na boca. Quando tentei pegar a foto de novo, ela começou a rasgá-la!

MARIE JOSÉ Então, ela não reconheceu nenhuma das pessoas da foto?

EMMA Não, nem olhou a foto... Porém, todas as vezes que me olhava, ela sempre me reconhecia. Aliás, sempre que eu voltava da escola, ela reconhecia minha voz e dava uns gritinhos de felicidade.

MARIE JOSÉ Você sabia que algumas pessoas conseguem falar com os bebês quando eles ainda estão na barriga da mãe?

EMMA É mesmo? Não acredito.

MARIE JOSÉ Por que não? A pele da barriga é mais fina e mais macia do que uma parede...

EMMA É verdade, quando a gente bebe água consegue até ouvir os barulhinhos que ela faz.

MARIE JOSÉ Ou seja, quando falamos perto de uma barriga que tem um bebê dentro, o bebê escuta.

EMMA Sim, mas ele não compreende nada.

MARIE JOSÉ Você quer dizer que ele ouve e não escuta?

EMMA Não como nós. Na verdade, ele deve perceber algumas coisas que acontecem do lado de fora, mas seus olhos não estão abertos para o verdadeiro lado de fora.

MARIE JOSÉ O bebê pode reconhecer vozes mesmo antes de abrir os olhos.

EMMA É, você tem razão, é possível, eles reconhecem a própria voz. Talvez fosse por isso que o bebê do parque gritava diante do espelho. Hum, isso me dá uma ideia.

MARIE JOSÉ Que ideia?

EMMA É como se, diante do espelho, sua voz chamasse sua imagem.

MARIE JOSÉ Que ideia linda! Vamos descansar um pouco, porque as belas ideias também devem descansar.

O BEBÊ PODE RECONHECER VOZES MESMO ANTES DE ABRIR OS OLHOS.
É, VOCÊ TEM RAZÃO, É POSSÍVEL, ELE RECONHECE A PRÓPRIA VOZ. TALVEZ FOSSE POR ISSO QUE ELE GRITAVA DIANTE DO ESPELHO.

EMMA Quero dizer que é como se sua voz chamasse sua imagem.

MARIE JOSÉ Mas a voz não está dentro do espelho?

EMMA Não, ela está só do lado em que eu realmente estou.

MARIE JOSÉ Então, a voz também me ajuda a perceber que uma coisa é a imagem, outra coisa sou eu. A voz fica do lado que é real.

EMMA Sim, mas também existem instrumentos que guardam a voz, como se fossem fotos da voz.

MARIE JOSÉ Você tem razão. Podemos gravar a voz. Mas, para você, isso é como o reflexo no espelho?

EMMA Bem, quando escuto minha voz no gravador, acho muito estranho.

MARIE JOSÉ Como assim?

EMMA Não me reconheço de jeito nenhum. É como se escutasse outra pessoa.

MARIE JOSÉ Já eu reconheço bem a sua voz.

EMMA Então, é como no espelho.

MARIE JOSÉ Ou seja?

EMMA Eu me vejo no espelho e me ouço no gravador assim como você me vê e como você me escuta, é isso?

MARIE JOSÉ Acho que sim.

EMMA Então, como posso saber como sou na realidade?

MARIE JOSÉ Você quer dizer... sem as outras pessoas?

EMMA Sim, sem os outros. Qual é a minha aparência, sem os outros?

MARIE JOSÉ Isso é muito difícil de dizer, mas vamos tentar ver se é possível.

EMMA Talvez existam duas aparências...

MARIE JOSÉ O que você quer dizer?

EMMA Existe a aparência que os outros veem e a aparência que percebo quando digo "sou eu".

MARIE JOSÉ Mas a pessoa que se parece com seu reflexo é também a que diz "sou eu".

EMMA Sim, mas e quando os outros falam comigo e não com meu reflexo nem com o gravador?

MARIE JOSÉ Eles se dirigem à sua pessoa real.

EMMA Sim, à minha verdadeira aparência, onde eu me sinto de verdade.

MARIE JOSÉ Onde está seu corpo real.

EMMA Isso.

MARIE JOSÉ Por exemplo, você pode dizer que conhece um pouco o seu corpo?

EMMA É claro que sim!

MARIE JOSÉ Como você o conhece?

EMMA Eu o vejo e eu o sinto.

MARIE JOSÉ Será que sempre é preciso que a gente se veja para sentir que existe?

EMMA Não, mesmo quando fecho os olhos ou quando estou no escuro, sinto que existo.

MARIE JOSÉ Você sente seu corpo.

EMMA Sim, eu o sinto. Na minha cama, à noite, quando adormeço, sinto que existo por dentro e por fora. Escuto até os barulhos do meu corpo.

MARIE JOSÉ Isso é o que chamamos de um sentimento ou, talvez, uma sensação.

EMMA Eu o sinto e, ao mesmo tempo, posso pensar nisso. É isso que você quer dizer?

MARIE JOSÉ Sim, isso mesmo. Agora, feche os olhos e me diga se você sente seu corpo.

EMMA Tudo bem, já fechei os olhos.

MARIE JOSÉ O que você está sentindo?

EMMA Sinto que estou com calor, que tenho sede.

MARIE JOSÉ O que mais?

EMMA Com meu bumbum, sinto a cadeira em que estou sentada. Agora, com minhas mãos, sinto o estojo que pus em cima da mesa e também sinto a mesa, e minhas mãos encostam uma na outra, e agora encosto na sua mão.

MARIE JOSÉ E você sente alguma coisa no seu interior?

EMMA Sinto meus dentes com a língua, e minha barriga que ronca porque estou com um pouco de fome, e também escuto um pouco minha respiração porque estou gripada, e, quando engulo saliva, escuto um barulho molhado.

MARIE JOSÉ Então, tudo o que você sente está em pequenos movimentos ou em contato com alguma outra coisa que você toca?

EMMA Sim.

MARIE JOSÉ Com os olhos fechados, você sente os limites do seu corpo?

EMMA Sim.

> "Vemos muito mais coisas do que aquelas que podemos ver instantaneamente com nossos olhos."

MARIE JOSÉ Agora, abra os olhos e me diga o que acontece a mais, quando você está de olhos abertos.

EMMA Bem, vejo mais coisas além das que encostam em mim ou nas quais eu encosto. Vejo melhor também a forma das coisas. Escuto menos o que está dentro de mim e mais o que está fora.

MARIE JOSÉ Então, ver é como entrar em contato com coisas nas quais não encostamos?

EMMA Sim, ver é pensar do lado de fora.

MARIE JOSÉ Que ideia linda! Ver, então, é sair de um lado de dentro.

EMMA Sim, paramos de escutar somente o interior.

MARIE JOSÉ E descobrimos o mundo.

EMMA Isso mesmo.

MARIE JOSÉ Mas as mãos também tocam o mundo exterior.

EMMA Sim, mas com minhas mãos o lado de fora não está longe; com os olhos, vemos longe sem tocar.

MARIE JOSÉ Será que os olhos veriam melhor se tocassem aquilo que eles veem?

EMMA Não entendi sua pergunta.

MARIE JOSÉ Quero dizer, se eu pegar o estojo e colocá-lo em seu olhos, será que você o veria melhor?

EMMA Não, eu não veria mais nada.

MARIE JOSÉ Então, para ver é preciso manter uma certa distância.

EMMA Sim.

MARIE JOSÉ Mas será que, quanto mais longe estivermos, melhor veremos?

EMMA Não, também não podemos estar longe demais. Se eu estiver muito longe, tudo ficará pequeno demais, e não verei mais nada.

MARIE JOSÉ Mas você bem sabe que existem maneiras de se ver melhor aquilo que não se vê muito bem ou aquilo que está muito longe.

EMMA Sim, existem os óculos para quem não enxerga bem, e os binóculos e os telescópios para se ver as estrelas.

MARIE JOSÉ Então existem instrumentos que nos fazem ver aquilo que nossos olhos não veem bem ou não veem de jeito nenhum.

EMMA Sim, e também para ver as coisas minúsculas, como os micróbios, por exemplo.

MARIE JOSÉ Que nome você dá a esses instrumentos?

EMMA Microscópios.

MARIE JOSÉ Então quer dizer que, com os nossos olhos mais os nossos instrumentos, podemos ver muitas coisas, com a condição de escolher bem a distância.

EMMA E também escolher bem o instrumento!

MARIE JOSÉ É verdade: não há de ser com um binóculo que vamos conseguir ver algum micróbio!

EMMA Nem as estrelas com uma lupa!

MARIE JOSÉ Você lembra que, quando falamos sobre a maneira de ver nossa imagem, foi preciso falar sobre espelhos.

EMMA Sim, eu me lembro bem.

MARIE JOSÉ Vemos muito mais coisas do que aquelas que podemos ver imediatamente com nossos olhos.

EMMA Sim, muito mais.

MARIE JOSÉ Na sua opinião, como podemos falar de todas essas coisas que nossos olhos não veem diretamente?

EMMA Não entendi bem sua pergunta.

MARIE JOSÉ Por exemplo, eu vi um micróbio no microscópio ou uma estrela no telescópio. Como poderia te explicar o que vi?

EMMA Primeiro, você faria uma foto ou um desenho, depois você daria um nome para esse desenho ou foto, me mostraria e me explicaria tudo.

MARIE JOSÉ Então, as imagens e as palavras nos fazem ver e nos fazem compreender tudo o que nossos olhos não veem; e, além disso, permitem que conversemos sobre tudo isso.

EMMA Isso mesmo, posso fazer imagens de tudo aquilo que nunca vi com meus olhos e posso dar nomes a tudo o que tenho dentro da cabeça.

MARIE JOSÉ Isso significa que nossos olhos veem muito mais imagens do que as coisas reais?

EMMA Claro que sim!

MARIE JOSÉ Mas, em todo caso, as imagens são sempre imagens de alguma coisa.

EMMA Sim, entendi.

MARIE JOSÉ Podemos fazer imagens de tudo o que vemos?

"Então, nossos olhos veem muito mais imagens do que as coisas reais?"

EMMA Sim.

MARIE JOSÉ Podemos fazer imagens de tudo o que não vemos e que existe?

EMMA Sim, podemos também.

MARIE JOSÉ E do que não existe?

EMMA Sim, como as imagens de fadas e de monstros.

MARIE JOSÉ E de que mais?

EMMA De dinossauros e de marcianos.

MARIE JOSÉ E...

EMMA De estrelas, mesmo durante a manhã, mesmo quando faz sol.

MARIE JOSÉ De que mais?

EMMA Dos gregos, dos egípcios e dos romanos, e também dos homens das cavernas...

"O mundo das imagens é o mundo da liberdade."

MARIE JOSÉ Você quer dizer que podemos fazer imagens daquilo que não existe mais?

EMMA Sim, as fadas nunca existiram, e os dinossauros não existem mais.

MARIE JOSÉ Será que podemos fazer imagens do que ainda não existe?

EMMA O que, por exemplo?

MARIE JOSÉ Imagens de seres que talvez habitem outros planetas, por exemplo, ou, então, imagens de um país imaginário, totalmente inventado, mas onde gostaríamos de viver.

EMMA Claro que podemos.

MARIE JOSÉ Você acha que, se você fizer uma imagem desse país maravilhoso, ele passaria a existir um pouquinho?

EMMA Sim, gosto muito de desenhar uma ilha mágica onde todo mundo é bonzinho e onde tudo é possível.

MARIE JOSÉ Até mesmo o impossível?

EMMA Sim.

MARIE JOSÉ Sua imaginação não tem limite?

EMMA Eu gostaria bem que não tivesse.

MARIE JOSÉ Fazer a imagem de um país onde todas as casas são de biscoito e chocolate, como nos contos de fadas?

EMMA Não, porque não gosto muito de açúcar.

MARIE JOSÉ Então, um mundo salgado?

EMMA Bem, eu prefiro um mundo salgado e com música.

MARIE JOSÉ Um castelo de queijo?

EMMA Com batatas fritas, que tocariam violino.

MARIE JOSÉ E o que mais haveria nesse país?

EMMA Não teria relógio para dizer que é hora de trabalhar, de brincar, de dormir, de escovar os dentes.

MARIE JOSÉ Então, as imagens moram num país sem horas?

EMMA Sim, é disso que eu gosto.

MARIE JOSÉ Então, se as imagens nos fazem morar num país sem horas, tudo o que ainda não existe já pode existir.

EMMA Sim, tudo de que tenho vontade.

MARIE JOSÉ E tudo o que não existe mais pode ainda existir?

EMMA Sim, como os romanos, no *Astérix*!

MARIE JOSÉ Como tudo o que está morto.

EMMA É verdade; gosto mais de imagens, porque nada é obrigatório.

MARIE JOSÉ O mundo das imagens é o mundo da liberdade?

EMMA Sim, podemos imaginar qualquer coisa.

MARIE JOSÉ E podemos fazer imagem de qualquer coisa?

EMMA Sim.

MARIE JOSÉ Talvez os homens tenham começado a fazer imagens para isso.

EMMA Para quê?

MARIE JOSÉ Para se sentir livres.

EMMA É verdade, mas não apenas para isso.

MARIE JOSÉ Em que você está pensando?

EMMA Podemos parar um pouco?

MARIE JOSÉ Tudo bem.

Como ver o que não existe?

EMMA Ao falar dos romanos, estávamos falando dos mortos, não é verdade?

MARIE JOSÉ Sim.

EMMA Mas não são apenas os romanos e os dinossauros que estão mortos!

MARIE JOSÉ Você acha que as imagens de mortos são imagens de fantasmas?

EMMA Não sei muito bem. Não acredito em fantasmas, mas gosto muito de histórias de fantasmas e de sentir um pouco de medo.

MARIE JOSÉ Talvez os homens tenham feito imagens para não ter medo de fantasmas.

EMMA Talvez as imagens e histórias de fantasmas provoquem mais prazer do que medo.

MARIE JOSÉ Há imagens de mortos que dão muito medo e nenhum prazer, você não acha?

EMMA Oh, sim, claro, como nos filmes de terror quando aparecem vampiros.

MARIE JOSÉ Você já viu algum desses filmes?

EMMA Sim, uma vez, e depois fiquei com tanto medo de ter pesadelos que não queria mais dormir sozinha na minha cama.

MARIE JOSÉ Existem, então, imagens que, quando dão prazer, dão medo, e outras que dão medo e que a gente detesta.

EMMA Sim.

MARIE JOSÉ Como você faz a diferença?

EMMA Diferença entre o quê?

MARIE JOSÉ Entre as imagens que dão medo mas das quais você gosta e as que dão medo e que você detesta.

EMMA As imagens que me dão prazer contam uma história que primeiro dá medo, depois tira o medo e às vezes até me faz rir; então, gosto de me contar essa história várias vezes e, todas as vezes, tenho medo e depois rio.

MARIE JOSÉ E como são as imagens que você detesta?

EMMA Elas, por elas mesmas, me dão medo sem contar nenhuma história. Depois, ficam na minha cabeça, e eu não posso dizer nada, fazer nada, nem rir.

MARIE JOSÉ Você quer dizer que o medo que você sente por essas imagens te deixa sem voz e não conta nenhuma história.

EMMA Sim, é mais ou menos isso.

MARIE JOSÉ Podemos achar alguns exemplos?

EMMA Bem, alguns monstros me dão calafrios, mas sei que é só para fazer rir.

MARIE JOSÉ Atualmente encontramos muitos brinquedos em forma de monstros.

EMMA Sim, eles me fazem rir, mas meus pais... acho que meus pais têm medo deles.

MARIE JOSÉ Como você sabe disso?

EMMA Quando mamãe vê o Homem-Aranha, ela diz "que horror!"; acho que é porque ela tem medo de aranhas.

MARIE JOSÉ E você não?

EMMA Sim, também tenho, mas o Homem-Aranha não existe. E ele tem poderes. Eu gosto disso.

MARIE JOSÉ Talvez sua mãe o ache feio.

EMMA Mas dissemos que as imagens são como queremos que elas sejam. Meus pais não gostam de monstros, mas eu acho os monstros bem engraçados.

MARIE JOSÉ Então, quais são as imagens que te dão medo?

EMMA Aquelas que mostram coisas que podem me matar.

MARIE JOSÉ Uma imagem não mata ninguém.

EMMA Mata, sim.

MARIE JOSÉ Como assim?

EMMA Ao colocar a morte na minha cabeça sem eu poder fazer nada.

MARIE JOSÉ Você quer dizer que tem medo da imagem dos mortos?

EMMA Não, de jeito nenhum, na minha casa tenho fotos do meu bisavô e da minha bisavó e não sinto medo nenhum!

MARIE JOSÉ Mas eles não são fantasmas!

EMMA Não! São fotos que vemos muitas vezes na nossa casa, porque mamãe adora olhar seu avô, que era uma pessoa de quem ela gostava muito; depois, ela nos conta histórias sobre ele.

MARIE JOSÉ Não é como as imagens de vampiros?

EMMA De jeito nenhum, as coisas que já existiram não provocam tanto medo como as que não existem.

MARIE JOSÉ Por quê, na sua opinião?

EMMA É difícil responder assim de repente, tenho que refletir um pouco.

MARIE JOSÉ Fique à vontade.

EMMA Já sei! As coisas que existiram têm um nome conhecido e uma história que pode ser contada, enquanto que as que não existem não têm nome nem história, é preciso inventar.

MARIE JOSÉ Você quer dizer que, enquanto não lhes damos um nome e inventamos uma história para elas, elas nos fazem medo?

EMMA Sim, acho que é isso: quando não posso dizer mais nada, é como se a morte entrasse na minha cabeça.

MARIE JOSÉ Obrigada, você nos faz compreender uma coisa interessante: o terror dos pesadelos é como um medo que não tem nome e que não pode ser contado.

EMMA Isso mesmo.

MARIE JOSÉ Vira e mexe, caímos na mesma ideia.

EMMA Qual?

MARIE JOSÉ É preciso poder falar e, para aprender a ver, é preciso aprender a falar, a contar, para dividir as emoções.

EMMA Gosto que me contem coisas que dão medo.

MARIE JOSÉ Gosta mesmo?

EMMA Sim, falar é algo que dá prazer mesmo quando é sobre coisas que dão medo.

MARIE JOSÉ Prazer até mesmo no medo.

EMMA Sim, prazer de ter e de não ter medo ao mesmo tempo!

MARIE JOSÉ Você me falava das fotos de seus bisavós que não são fantasmas, você dizia que eles têm um nome e uma história.

EMMA É.

MARIE JOSÉ Ou seja, as imagens acompanham toda a nossa vida e toda a história da memória dos homens.

EMMA Mas não havia fotos na época dos romanos!

MARIE JOSÉ Não, mas, em todos os países e em todas as épocas, os homens encontraram meios de não esquecer os que morreram e de fazê-los continuar vivendo de uma maneira ou de outra: para isso, eles criavam imagens.

EMMA É por isso que inventaram os fantasmas.

MARIE JOSÉ Acho que inventaram os fantasmas como uma maneira de dizer que os mortos não queriam ser esquecidos.

EMMA Mas, para falar a verdade, os mortos que realmente estão mortos não querem mais nada. Se eles querem alguma coisa, então é porque não estão mortos!

MARIE JOSÉ Num certo sentido, você tem razão. Mas os vivos não podem apagar tudo o que veio antes deles.

EMMA Minha mãe não esquece a avó dela, e eu, por minha vez, nunca vou esquecer minha mãe.

MARIE JOSÉ Mas não esquecer os romanos e os dinossauros é diferente, eles estão no passado bem distante. Na sua opinião, por que é preciso lembrar-se deles?

EMMA Para compreender o que existia antes de nós. Assim compreendemos melhor o que existe agora.

MARIE JOSÉ Imagine que esquecêssemos tudo o que existia antes de nós...

EMMA Isso não é possível, seria como se não existíssemos mais.

MARIE JOSÉ Você acha mesmo?

EMMA Acho que, se eu esquecesse tudo, o tempo todo, eu seria como os mosquitos.

MARIE JOSÉ Para viver como humanos, é preciso não esquecer.

EMMA Então, produzimos imagens para guardar a memória?

MARIE JOSÉ Sem dúvida.

EMMA Você quer dizer que, se todos os vivos esquecerem todos os mortos, eles não são mais vivos?

MARIE JOSÉ Não, eu não disse que todos os vivos devem se lembrar de todos os mortos. Os elefantes não fazem imagens dos mamutes!

EMMA E as imagens de dinossauros não são imagens de fantasmas!

MARIE JOSÉ Apenas os homens produzem imagens para contar sua história.

EMMA Então, entendi: você quer dizer que, quando esquecemos os mortos e não fazemos mais imagens, não somos mais humanos?

MARIE JOSÉ Sim, é bem possível que sim.

Como ver o que sentimos?

MESMO SEM EU TER DEIXADO UMA FOTO MINHA COM VOCÊ?
EU NÃO ME ESQUECI DE VOCÊ.
COMO VOCÊ CONSEGUIU ISSO?
EU TENHO MEMÓRIA.
ENTÃO, NA MEMÓRIA, HÁ IMAGENS QUE DEIXAMOS GUARDADAS PARA A VEZ SEGUINTE?
SIM, MUITAS.
VOCÊ PODERIA ME DIZER QUANTAS IMAGENS TEM NA SUA MEMÓRIA?
NÃO, É IMPOSSÍVEL. TENHO IMAGENS DEMAIS, MILHARES E MILHARES!

MARIE JOSÉ Você consegue pensar em milhares de imagens?

EMMA Não, penso em uma de cada vez.

MARIE JOSÉ Você precisa de seus olhos para pensar numa imagem?

EMMA Não necessariamente, mas isso é porque penso em coisas que já vi.

MARIE JOSÉ Só nas que você já viu?

EMMA Sim, minha memória tem olhos no interior!

MARIE JOSÉ Mas, se eu te pedir para pensar na imagem de uma fada, você vai pensar numa fada que você já viu?

EMMA Sim, um pouco, penso numa fada que já vi em livros ou em algum filme.

MARIE JOSÉ Então, você pensa em imagens?

EMMA Sim.

MARIE JOSÉ Mas... e se eu te pedir para pensar numa fada que você nunca viu?

EMMA Você quer dizer... uma fada completamente inventada?

MARIE JOSÉ Sim, isso.

EMMA Bem, não consigo vê-la muito bem na minha cabeça, prefiro desenhá-la.

MARIE JOSÉ A gente produz as imagens que inventa?

EMMA Comigo é assim; com você, não? Quando invento algo na minha cabeça, tenho vontade de ver minha invenção.

MARIE JOSÉ Quando eu era criança, fazia como você: desenhava todas as imagens que inventava.

EMMA E você não faz mais isso?

MARIE JOSÉ Não.

EMMA Por que você não desenha mais?

MARIE JOSÉ Desenhei durante muito tempo, mas um dia resolvi parar, talvez porque inventasse menos. Mas tive uma amiga na minha classe que continuou a desenhar e a pintar durante toda sua vida.

EMMA Até hoje?

MARIE JOSÉ Sim, até hoje, ela é uma artista.

EMMA Ela criou imagens a vida toda?

MARIE JOSÉ Sim, ela criou e continua criando o máximo que consegue.

EMMA Mas existem também inventores que não criam imagens.

MARIE JOSÉ De que inventores você está falando?

EMMA Dos cientistas que fazem descobertas, que inventam máquinas ou medicamentos.

MARIE JOSÉ De que maneira você acha que eles inventam?

EMMA Eles ficam refletindo durante muito tempo para conhecer as coisas e depois, de repente, imaginam que vão poder criar alguma coisa nova em que ninguém pensou antes deles.

MARIE JOSÉ Puxa, isso exige muita imaginação!

EMMA Ah, sim, muita.

MARIE JOSÉ E na palavra "imaginação", você percebe alguma outra palavra?

EMMA Sim, sim, "imagem"! Mas, quando Cristóvão Colombo descobriu a América, ele descobriu de verdade, não foi uma imagem!

MARIE JOSÉ Sim, mas, quando ele partiu em viagem no seu navio, ele deve ter tido uma ideia da terra e dos países que imaginava...

EMMA Sim, mas ele não tinha imaginado a América tal como a descobriu. Disseram até que ele pensou que estava nas Índias e que avistava indianos.

MARIE JOSÉ É verdade. Aliás, foi por isso que os primeiros habitantes da América foram chamados de "índios".

EMMA Quer dizer que, mesmo na América, Cristóvão Colombo continuava a acreditar na imagem que tinha na cabeça?

MARIE JOSÉ Sem dúvida. Em todo caso, os cientistas que inventam têm também suas imagens.

QUER DIZER QUE, MESMO NA AMÉRICA, CRISTÓVÃO COLOMBO CONTINUAVA ACREDITANDO NA IMAGEM QUE TINHA NA CABEÇA?
SEM DÚVIDA. EM TODO CASO, OS CIENTISTAS QUE INVENTAM TÊM TAMBÉM SUAS IMAGENS.

EMMA Sim, eu me lembro. Eu quis dizer que, quando sou eu ou meu amigo que desenha meu retrato, não me acho muito parecida, porque eu e meu amigo não desenhamos muito bem.

MARIE JOSÉ Como é desenhar bem?

EMMA É desenhar parecido.

MARIE JOSÉ Você me falou que artistas são pessoas que desenham bem.

EMMA Sim.

MARIE JOSÉ Você já viu pinturas feitas por artistas?

EMMA Sim.

MARIE JOSÉ Quem, por exemplo?

EMMA Um dia, fui com minha classe ao museu. A professora queria nos mostrar obras de arte.

MARIE JOSÉ Nesse dia, você aprendeu o nome de alguns artistas.

EMMA Sim, até escrevemos o nome deles num caderno.

MARIE JOSÉ O nome de quem, por exemplo?

EMMA Tinha Picasso, Mirò e Matisse também. Eu me lembro desses três.

MARIE JOSÉ Você acha que eles fazem pinturas parecidas com a realidade? Você acha que eles desenham bem?

EMMA De jeito nenhum! Uns colegas meus até falaram que podiam fazer igual.

MARIE JOSÉ E você, também pensa assim?

EMMA Não, eu não.

MARIE JOSÉ Por que não?

EMMA Não sei, acho que é mais bem-feito e mais bonito.

"Fiquei bem contente de ver coisas que não eram parecidas com a realidade."

MARIE JOSÉ Bonito em que sentido?

EMMA Fiquei contente de ver coisas que não eram parecidas com a realidade.

MARIE JOSÉ Por que você ficou tão contente?

EMMA Porque me deu prazer ver esses quadros.

MARIE JOSÉ Assim a gente não chega a lugar nenhum, isso não me explica realmente o porquê!

EMMA Por exemplo, vi um acrobata cujas pernas e braços pareciam galhos apontados em todas as direções, com a cabeça para baixo, e isso me deixou toda feliz e com vontade de dançar.

MARIE JOSÉ E o que mais?

EMMA Papéis cortados em forma de pétalas e de pássaros, e parecia que era eu que voava. Isso me provocou desejos.

MARIE JOSÉ Que desejos?

EMMA De voar e de desenhar.

MARIE JOSÉ Essas imagens mostram coisas que existem ou que não existem?

EMMA As duas coisas, é isso que eu amo.

MARIE JOSÉ Você quer dizer que tudo é possível para os artistas que fazem imagens.

EMMA Sim, a gente pode ver tudo o que tem dentro da imaginação.

MARIE JOSÉ Você quer dizer que um artista pode fazer imagens de tudo?

EMMA De tudo o que ele tem vontade de ver.

MARIE JOSÉ E de mostrar?

EMMA Sim, e de mostrar.

MARIE JOSÉ Sem ter medo de ser desajeitado?

EMMA Sim, isso mesmo, sem medo de nada.

MARIE JOSÉ Você acha que as imagens tiram de nós os medos?

EMMA Só os medos que os artistas têm.

MARIE JOSÉ Que ideia bacana você teve!

EMMA Por que você acha que ela é bacana?

MARIE JOSÉ Porque muitas pessoas ficam intimidadas pelas obras dos grandes artistas, enquanto que você acabou de dizer que os belos desenhos fazem os medos desaparecer.

EMMA Eu quero dizer que eles mostram coisas de que eu gosto, só isso.

MARIE JOSÉ Se eu te pedir para desenhar um retrato de seu pai e de sua mãe, você topa?

EMMA Claro!

MARIE JOSÉ Serão imagens de pessoas que você ama.

EMMA Sim.

MARIE JOSÉ E quando eu vir seu pai e sua mãe, será que os reconhecerei graças a seu desenho?

EMMA Hum, acho que não, é melhor eu te mostrar uma foto.

MARIE JOSÉ Mas e se eu disser que prefiro seu desenho?

EMMA Eu também!

MARIE JOSÉ Por quê?

EMMA Porque meu desenho parece com a ideia que tenho quando penso neles, é como eu me sinto, como tenho vontade de vê-los.

> "É por isso que eu também prefiro seu desenho, porque nele você me faz ver o que você sente, e não apenas aquilo que vemos com nossos olhos."

MARIE JOSÉ Será que a foto pode me mostrar o que você sente quando pensa neles?

EMMA Não, não é a mesma coisa. A foto mostra como todo mundo os vê, não é como eu os vejo com minha mão.

MARIE JOSÉ É por isso que eu também prefiro seu desenho,

porque nele você me faz ver o que você sente, e não apenas aquilo que vemos com nossos olhos.

EMMA Sim, é isso. Mas, sabe, quando vou para a colônia de férias, levo uma foto deles na mochila e lhes envio uns desenhos.

MARIE JOSÉ Para que vejam o que você sente?

EMMA Para que vejam como sinto o que vejo.

MARIE JOSÉ E isso a foto nem sempre mostra.

EMMA Existe artista fotógrafo?

MARIE JOSÉ Existem artistas em todas as áreas em que são feitas imagens.

EMMA É verdade, mas você está me confundindo um pouco.

MARIE JOSÉ Como assim?

"Não é a mesma coisa fazer um desenho para mostrar o que sentimos e fazer fotos para ver a semelhança."

EMMA Não é a mesma coisa fazer um desenho para mostrar o que sentimos e fazer fotos para ver a semelhança.

MARIE JOSÉ Você tem razão. Podemos fazer desenhos ou fotos de coisas e de pessoas para vê-las quando elas estão ausentes.

EMMA Sim, enquanto que, se eu faço um desenho da minha mãe, é para desenhar o que sinto mesmo quando ela está presente, não é para não esquecê-la!

MARIE JOSÉ Está certíssimo, e então, nesse desenho, você mostra alguma coisa que não se vê mesmo quando sua mãe está presente.

EMMA Isso mesmo.

MARIE JOSÉ Alguma coisa invisível na foto.

EMMA Sim, é isso.

MARIE JOSÉ Então, um desenho bonito é aquele que mostra alguma coisa a mais do que aquilo que vemos com nossos olhos.

EMMA É isso!

MARIE JOSÉ Nesse caso, o importante é que um desenho se pareça com o que sentimos ou com o que vemos?

"Então, um desenho bonito é aquele que mostra alguma coisa a mais do que aquilo que vemos com nossos olhos."

EMMA Com o que eu sinto.

MARIE JOSÉ Você acha que é preciso desenhar bem para mostrar o que sentimos?

EMMA Sim, é melhor.

MARIE JOSÉ Você me disse que os artistas sabem desenhar bem, mas que Picasso, por exemplo, não desenhava parecido com a realidade.

EMMA Sim.

MARIE JOSÉ Mas ele é um artista.

EMMA Sim.

MARIE JOSÉ Por quê, na sua opinião?

EMMA Porque ele sabia desenhar bem, ao mesmo tempo, tanto o que via quanto o que não via.

MARIE JOSÉ Essa é uma bela definição de artista.

EMMA Quero dizer que ele desenha o que sente – como eu faço quando desenho mamãe –, mas de um jeito bem melhor do que eu.

MARIE JOSÉ Talvez seja por isso que, na sua classe, alguns disseram que podiam desenhar tão bem quanto ele.

EMMA Porque são artistas?

MARIE JOSÉ Talvez, não sei. Picasso sempre quis desenhar cada vez melhor, desde criança, e conseguiu mostrar aquilo que não vemos com os olhos.

EMMA Você quer dizer que, desde criança, ele sempre pintou o que sentia?

MARIE JOSÉ De uma certa maneira, sim.

EMMA Entendo, mas ele ficou muito competente em mostrar tudo o que via e tudo o que não via. É muito difícil fazer isso tudo ao mesmo tempo.

MARIE JOSÉ O que é mais difícil: desenhar o que vemos ou desenhar o que não vemos?

EMMA É fazer as duas coisas ao mesmo tempo.

MARIE JOSÉ Você acha que, quando for grande, poderá fazer isso?

EMMA Não sei... Meu pai é grande e desenha pior do que eu.

MARIE JOSÉ Você não tem certeza se é uma artista?

EMMA Não. Vou ser talvez uma grande cientista, é mais fácil, eu acho.

MARIE JOSÉ Não é difícil da mesma maneira.

EMMA Quero dizer que a gente pode estudar para ser cientista.

MARIE JOSÉ E para ser artista, não?

EMMA Acho que não, mas agora estou com vontade de ir brincar.

MARIE JOSÉ Hum, eu também!

OUTRO DIA, FALAMOS DE DESENHOS,
MAS NEM TODAS AS IMAGENS QUE VEMOS
SÃO DESENHOS.

VOCÊ SE REFERE AOS
DESENHOS QUE EU MESMA FAÇO, COM
MINHAS MÃOS?

MARIE JOSÉ Na televisão, não existem desenhos.

EMMA Só os desenhos animados, mas esses não são desenhos como os meus, são cinema.

MARIE JOSÉ O que você acha mais importante ver na televisão?

EMMA Vemos principalmente o mundo real, o telejornal, os filmes e os programas em que as pessoas participam para ganhar alguma coisa.

"Você acha que basta ver para compreender bem?"

MARIE JOSÉ E o que te parece mais importante?

EMMA Para mim, o mais importante é ver o mundo real.

MARIE JOSÉ O resto não te parece real?

EMMA Não, acho que não é a realidade.

MARIE JOSÉ É o que, então?

EMMA É para esquecer a realidade.

MARIE JOSÉ Só isso?

EMMA Não, só isso, não. Mas você concorda que não têm nada a ver com as notícias...

MARIE JOSÉ Você me disse, agora mesmo, que o mais importante era ver o mundo real.

EMMA Sim, ver o que acontece em todos os lugares.

MARIE JOSÉ Você olha o mundo real e isso te parece verdadeiro?

EMMA Sim, o que vemos na televisão é a verdade real que os jornalistas viram, porque eles foram ver as coisas que se passam no mundo inteiro.

MARIE JOSÉ Então você vê o mundo como se você tivesse ido a todos os lugares a que o jornalista foi?

EMMA Sim, isso mesmo.

MARIE JOSÉ Você pode me contar um pouco o que um jornalista vê?

EMMA Ele viu tudo o que ele podia ver.

MARIE JOSÉ Então ele viu uma parte do mundo e, geralmente, é uma parte do mundo que nós nunca vimos, mas que ele, sim, viu.

EMMA Sim, ele viu. E ele conta e mostra o que ele viu.

MARIE JOSÉ Você acha que ele mostra tudo o que viu?

EMMA Ele mostra tudo o que ele quer me mostrar por achar que é importante.

MARIE JOSÉ Então ele escolhe algumas coisas para mostrar.

EMMA O que lhe parece importante para compreender o que se passa no lugar onde está.

MARIE JOSÉ Como é que ele escolhe o que é importante dentro do que está acontecendo?

EMMA É como fez Cristóvão Colombo, ele vai com uma ideia.

MARIE JOSÉ Talvez, ao chegar ao lugar, ele mude de ideia.

EMMA Sim, claro, porque, no lugar, ele vê a realidade e pode mudar de opinião. Cristóvão Colombo também deve ter mudado de opinião quando percebeu que não estava na Índia, e sim na América.

MARIE JOSÉ Mas ele também pode achar que sua ideia estava certa e pode mantê-la.

EMMA De qualquer maneira, ele deve dizer a verdade e mostrar a realidade.

MARIE JOSÉ Então, o que ele vai nos mostrar e o que ele vai nos contar?

EMMA Ele mostra o que viu e conta o que compreendeu.

MARIE JOSÉ Você acha que basta ver para compreender bem?

EMMA Ele compreende melhor do que se não visse nada! E, no meu caso, se ninguém me mostra nada, não compreendo nada.

MARIE JOSÉ Você quer dizer que, se estivesse no lugar do jornalista, você teria visto a mesma coisa que ele e teria compreendido a mesma coisa?

EMMA Não tenho certeza, porque, se estivesse no seu lugar, talvez não tivesse a mesma ideia que ele sobre o que é o mais importante.

MARIE JOSÉ Mas você não está no lugar dele.

"É preciso prestar atenção na maneira como a realidade é mostrada."

EMMA Sou obrigada a acreditar nele... Também estou pensando em outra coisa.

MARIE JOSÉ Em que você está pensando?

EMMA Que o jornalista não pode estar no meu lugar, já que ele vê com os olhos dele e não com os meus.

MARIE JOSÉ Você quer dizer que, se você estivesse lá com ele para ver a realidade, você talvez visse coisas bem diferentes, e não as mesmas que ele?

EMMA Sim!

MARIE JOSÉ Então a imagem da realidade muda de acordo com cada um?

EMMA Mas a verdadeira realidade é a mesma coisa para todo mundo, porque é a realidade.

MARIE JOSÉ Então, é complicado: o jornalista vê a realidade, mas, como ele a vê com suas ideias e seus olhos, essa talvez não seja toda a verdade.

EMMA Sim, concordo, mas ele não pode inventá-la. Ele não tem esse direito e sua profissão é mostrar a verdade, quero dizer, a realidade que ele vê.

MARIE JOSÉ Então, quando assisto televisão, tenho que acreditar nas pessoas que fazem as imagens e que falam para nos explicar as coisas que acontecem no mundo?

EMMA Seria bom.

MARIE JOSÉ Você sempre acredita naquilo que vê e naquilo que escuta?

EMMA É melhor não acreditar?

MARIE JOSÉ Não, claro que não, mas talvez seja preciso prestar atenção na maneira como a realidade é mostrada.

EMMA Você quer dizer que a televisão não mostra tudo e não compreende tudo, é isso?

"Você quer dizer que a televisão não mostra tudo e não compreende tudo, é isso?"

MARIE JOSÉ Exatamente isso.

EMMA Isso quer dizer que os jornalistas são mentirosos?

MARIE JOSÉ Não, de jeito nenhum. Quando reflito sobre alguma coisa que você diz e sobre a qual não tenho tanta certeza, não é porque penso que você está mentindo.

EMMA Não, é porque não há certeza absoluta naquilo que vemos e naquilo que dizemos, como entre os filósofos.

MARIE JOSÉ Muito bem.

EMMA Você quer dizer que é preciso assistir aos telejornais na companhia de um filósofo?

MARIE JOSÉ Não necessariamente! Mas é preciso que possamos refletir e falar uns com os outros sobre o que vemos.

EMMA Mas, então, você não acredita em nada quando você vê televisão?

MARIE JOSÉ Claro que sim, pelo contrário, sou como você, é preciso que eu acredite no que vejo e no que me dizem.

EMMA Bem, então, não estou entendendo mais nada. Você me diz que acredita e que é preciso não acreditar.

MARIE JOSÉ Não. Estou dizendo que é preciso fazer perguntas. Por exemplo, ver várias imagens diferentes, escutar várias pessoas diferentes.

"Prefiro ver alguma coisa que me faz compreender."

EMMA Ah, tenho uma ideia, já sei o que é preciso fazer!

MARIE JOSÉ O quê?

EMMA É preciso que haja muitos jornalistas que retornem com muitas imagens e que não tenham todos a mesma ideia.

MARIE JOSÉ Essa é uma solução.

EMMA Assim, ninguém poderá dizer que viu tudo e que compreendeu tudo.

MARIE JOSÉ Por exemplo.

EMMA Só que, se eu escutar muita gente e se cada um disser coisas diferentes, e se, além disso, a gente não pode acreditar em ninguém, aí é que eu não vou entender mais nada.

MARIE JOSÉ Também é verdade que, se escutarmos muitas coisas que vão em todas as direções, não saberemos mais o que pensar.

EMMA E com as imagens acontece o mesmo, prefiro ver alguma coisa que me faz compreender. Quando vejo imagens demais, não consigo nem pensar direito depois.

MARIE JOSÉ Realmente, a profissão de jornalista é muito complicada.

EMMA Sim, mas, sem os jornalistas, eu ficaria ignorante e não poderia imaginar nem compreender nada sobre o que acontece no mundo inteiro.

MARIE JOSÉ Você tem razão, ou seja, a solução não é tão simples assim. E não se trata apenas de escutar muita gente e de ver muitas imagens ao mesmo tempo.

"Quando vejo imagens demais, não consigo nem pensar direito depois."

EMMA Então, como vamos fazer?

MARIE JOSÉ Eu te proponho pensarmos juntas em como podemos confiar em alguém que me mostra algumas imagens e que me explica alguma coisa.

EMMA Ótimo, eu topo, porque mais tarde quero ser jornalista.

MARIE JOSÉ Por quê?

EMMA Para ver o mundo inteiro e contar tudo o que vi, e para mostrar imagens do mundo inteiro para todo mundo, e quero que todo mundo acredite em mim.

MARIE JOSÉ Mas você percebe que essa é uma profissão difícil quando se quer dizer sempre a verdade?

EMMA Mas eu mostrarei verdadeiramente a realidade.

MARIE JOSÉ E como você fará?

EMMA Farei imagens, fotos, filmes e explicarei tudo.

MARIE JOSÉ Tudo?

EMMA Você parece não gostar muito quando digo "tudo"!

MARIE JOSÉ De jeito nenhum, não é nada disso.

EMMA É o que, então?

MARIE JOSÉ Acho que a palavra "tudo" diz alguma coisa sobre nossos sonhos, como desejar ver tudo, compreender tudo, amar tudo, mas ela não permite falar ao mesmo tempo da realidade com as outras pessoas.

EMMA Tudo bem, concordo, então eu mostrarei um pouco e explicarei um pouco. Você prefere assim?

MARIE JOSÉ De qualquer maneira, assim é mais fácil de se fazer.

EMMA Desse jeito é uma verdadeira profissão e não um sonho?

MARIE JOSÉ Sim, acho que sim. Então, o que você vai fazer?

EMMA Em todo caso, posso dizer que mostrarei tudo o que puder e tudo o que tiver compreendido.

ENTÃO, O QUE VOCÊ FARÁ
QUANDO FOR JORNALISTA?

EM TODO CASO, POSSO DIZER QUE
MOSTRAREI TUDO O QUE PUDER E
TUDO O QUE TIVER COMPREENDIDO.

MARIE JOSÉ O que você explicará, por exemplo, ao mostrar uma foto ou um filme?

EMMA Direi em que país eu estava, que dia era e tudo o que havia em volta.

MARIE JOSÉ E o que mais?

EMMA Bem, tudo o que as pessoas diziam ali por perto, tudo o que se passava.

MARIE JOSÉ Tudo isso não está na imagem?

EMMA Não, está ao lado e por perto.

MARIE JOSÉ Então, o que você mostrará da realidade quando você mostrar uma fotografia, por exemplo?

EMMA Mostrarei o que vi e contarei tudo o que estava em volta e ao lado e que não fotografei.

MARIE JOSÉ Você também poderá fazer uma outra foto do que está ao lado, e depois uma outra do que está ao lado do que está ao lado, para que vejamos tudo o que não apareceu na primeira foto.

EMMA Aí nunca vou acabar e não poderei mostrar mais nada.

MARIE JOSÉ Por que não?

EMMA Porque é como se eu quisesse mostrar tudo, e isso não é possível. Seria preciso que eu trouxesse em fotos o país inteiro em que me encontro.

MARIE JOSÉ Suponhamos que você queira mostrar a América.

EMMA Seria preciso que eu fotografasse a América toda e trouxesse toda a América comigo para poder mostrá-la!

"Todas as fotos têm um limite."

MARIE JOSÉ Todas as fotos têm um limite?

EMMA Sim.

MARIE JOSÉ Você não pode colocar numa imagem tudo o que está ao lado...

EMMA A professora nos explicou, no curso de fotografia, que era preciso "enquadrar".

MARIE JOSÉ O que quer dizer?

EMMA Escolher os limites da imagem. Você decide o lugar onde colocar as margens da foto: de um lado, é dentro da foto; do outro, é fora da foto.

MARIE JOSÉ Então, quando você explica o que vemos na foto contando tudo o que está ao lado, você explica aquilo que não vemos na foto?

EMMA Eu mostro, na foto, coisas que sei ou que compreendo. Por exemplo, se faço uma foto da minha amiga, escrevo o nome dela e a data também.

MARIE JOSÉ E essas anotações servirão para que, na sua opinião?

EMMA Para eu me lembrar. Dessa maneira, também, os outros saberão do que se trata. Poderão compreender tudo o que vemos e que não está na imagem.

MARIE JOSÉ Então a imagem não se explica por si só?

EMMA Sim e não: eu sei, mas poderei esquecer mais tarde, quando for grande e vir a foto. Meu pai me mostrou uma foto de sua classe,

quando ele era criança, na escola fundamental. Garanto que ele estava bem contente por ter escrito o nome de todos seus colegas, o ano e o nome da professora.

MARIE JOSÉ Se você bate uma foto e me mostra sem dizer nada, sem uma palavra, eu nunca vou saber qual é a realidade que você está me mostrando.

EMMA Se faço uma foto sem dizer nada, você verá com seus olhos tudo o que está na foto, mas, mesmo assim, eu deveria te dizer o que fotografei, para te fazer entender o que aquilo realmente é.

> "Você quer dizer que o 'fora de campo' é aquilo que a gente diz, ou seja, as palavras?"

MARIE JOSÉ Então, quer dizer que são as palavras que dizem o que é real na imagem. As palavras fazem a ligação entre a imagem e a realidade?

EMMA Sim.

MARIE JOSÉ O que você está dizendo vai nos ajudar bastante a entender a profissão dos jornalistas.

EMMA Você quer dizer que é preciso que eles digam também tudo o que está ao lado?

MARIE JOSÉ Sem dúvida. Você sabe que existe um nome para tudo o que está ao lado da imagem?

EMMA Não, não sabia.

MARIE JOSÉ Podemos chamá-lo de "fora de campo".

EMMA Mas eu não fotografarei somente nos campos.

MARIE JOSÉ Claro que não, mas essa é a expressão escolhida para designar tudo o que não vemos na imagem, o que não é visível no enquadramento.

EMMA Você quer dizer que o fora de campo é aquilo que a gente diz, ou seja, as palavras?

MARIE JOSÉ Não apenas isso; na verdade, é tudo aquilo que está fora do enquadramento e que não vemos. As palavras podem fazer parte disso.

EMMA Então, são as palavras que fazem ver aquilo que não se vê?

MARIE JOSÉ Podemos dizer dessa maneira. Podemos dizer também que as palavras nos fazem compreender aquilo que vemos ou aquilo que dá sentido ao que vemos.

EMMA É por isso que, na televisão, quando vemos as imagens, há sempre um texto que explica aquilo que vemos e que diz aquilo que não vemos?

MARIE JOSÉ Sem dúvida.

EMMA Então, se considerarmos somente o que vemos na televisão, podemos dizer que aquilo é a realidade?

MARIE JOSÉ Sim, com a condição de que as palavras ditas na televisão digam realmente aquilo que compreendemos ao ver o que vemos.

EMMA A verdade é que já ouvi meus pais dizerem que não devemos acreditar em nada do que é dito na televisão, que tudo é mentira.

MARIE JOSÉ E você, o que acha?

EMMA Não sei mais. Está tudo confuso na minha cabeça. Mas, depois do que conversamos, acho que o que vemos na televisão é verdade, desde que me expliquem também aquilo que não vejo.

MARIE JOSÉ Acho que não tem nada confuso na sua cabeça. Mas as coisas sobre as quais estamos conversando são difíceis mesmo, tanto para você quanto para mim.

EMMA Para você também?

MARIE JOSÉ Sim, é muito complicado. E eu te disse desde o começo que nós nos fazemos perguntas que todo mundo se faz e para as quais ninguém tem uma resposta certa! Mas o que você disse é muito claro. É preciso somente ter tempo para pensar em tudo isso com calma, com tranquilidade.

DEPOIS DO QUE CONVERSAMOS, ACHO QUE O QUE VEMOS NA TELEVISÃO É VERDADE, DESDE QUE ME EXPLIQUEM TAMBÉM AQUILO QUE NÃO VEJO.
É ISSO MESMO. POR ISSO É PRECISO PODER CONFIAR EM QUEM MOSTRA E EXPLICA.

Como ver a realidade?

EMMA Você quer dizer que, para compreender o que vemos, não bastam as imagens, precisamos também das palavras?

MARIE JOSÉ Sim.

EMMA Mas as palavras nem sempre dizem a verdade.

MARIE JOSÉ Realmente.

EMMA Então, é preciso que aqueles que falam não sejam mentirosos nem alterem as imagens.

MARIE JOSÉ Hum, a gente ainda não tinha falado sobre isso!

EMMA Pensei nisso porque lá em casa compramos uma câmera digital e meu pai me disse que a gente podia mudar as cores e fazer outras coisas. Você pode mudar tudo, e sua foto acaba mostrando algo completamente inventado por você!

MARIE JOSÉ Talvez seja por isso que seus pais acham que só tem mentira na televisão.

EMMA É, talvez seja por isso, e também porque eles leram umas reportagens sobre imagens alteradas.

MARIE JOSÉ Imagens que mentem?

EMMA Não, pessoas que mentem com as imagens.

MARIE JOSÉ Você está certa em fazer essa diferença, as imagens não mentem sozinhas!

EMMA Não, é claro, já que elas não falam sozinhas!

MARIE JOSÉ Muito bem.

EMMA Mas eu já te disse que, quando for jornalista, não vou falsificar nada. Eu só vou mostrar a realidade e dizer apenas a verdade.

"Na sua opinião, como deveria ser uma imagem que ajude a refletir?"

MARIE JOSÉ Como você pode ter certeza disso?

EMMA É preciso ir ver, ficar muito tempo com as pessoas. Vou escutá-las e olhar tudo por muito tempo e refletirei bastante.

MARIE JOSÉ Se falarmos, escutarmos muitas coisas e empenharmos nosso tempo, podemos ter uma opinião sobre a realidade?

EMMA Eu nunca vou ter pressa. Assim, quando bater uma foto e contar o que compreendi, estarei dizendo realmente a verdade.

MARIE JOSÉ Você nunca vai se enganar?

EMMA Não sei. Mas não serei uma mentirosa.

MARIE JOSÉ Então, você dirá aquilo que pensa sem ter certeza absoluta de tudo.

EMMA Sim, mas garanto que não quero enganar ninguém.

MARIE JOSÉ Acredito. E você aceitará que a gente fale e reflita a partir do que mostrar e explicar?

EMMA Claro, e todo mundo poderá conversar a respeito.

MARIE JOSÉ Então, nesse caso, acho que você será realmente uma jornalista em quem poderei confiar.

EMMA Fico muito contente.

MARIE JOSÉ Eu também, porque encontramos juntas a maneira como podemos confiar em alguém que mostra imagens e as explica.

"Mas as palavras nem sempre dizem a verdade."

EMMA Como reconhecer alguém assim?

MARIE JOSÉ Se entendi bem o que você disse, essa pessoa é alguém que gasta seu tempo, que não tem certezas e que permite que a gente fale, discuta e reflita quando ela mostra e diz alguma coisa.

EMMA Desse modo, a gente pode assistir televisão e aprender o que realmente acontece?

MARIE JOSÉ Será que esse bom jornalista poderia estar completamente enganado?

EMMA Não, completamente, não. As coisas que ele viu, viu de verdade. Pode ser que não as tenha compreendido bem.

MARIE JOSÉ Então, todo mundo deve gastar um tempo para refletir. Mesmo aqueles que viram, é preciso que eles dediquem um tempo para refletir antes de enviar as fotos ou os filmes?

EMMA Sim, acho que é preciso que as imagens ajudem a refletir.

MARIE JOSÉ Na sua opinião, como deveria ser uma imagem que ajude a refletir?

EMMA É como dissemos antes: uma imagem que ajude a compreender o que está ao lado.

MARIE JOSÉ O que está invisível na imagem?

EMMA Isso mesmo, e também uma imagem que dê tempo para explicar. Eu gostaria que me explicassem uma coisa de cada vez, e que não fosse muito depressa, assim eu poderia compreender e elaborar minha própria ideia.

MARIE JOSÉ E isso nos permitiria conversar sobre o que vemos.

EMMA Sim, mas não podemos conversar diante da televisão.

MARIE JOSÉ Poderíamos falar após o noticiário ou após ter visto um filme.

EMMA Seria preciso ter mais tempo.

MARIE JOSÉ Entender o mundo... gasta tempo!

O HOMEM DE
TRÊS BRAÇOS
EXCLUSIVO

O que você vê na televisão?
JÁ QUE FALAMOS DE TELEVISÃO, GOSTARIA QUE VOCÊ ME CONTASSE ALGUMA COISA QUE VIU E QUE TE PARECEU IMPORTANTE.
ALGUM PROGRAMA DE QUE EU GOSTO?
NÃO NECESSARIAMENTE. DE PREFERÊNCIA, ALGUMA COISA QUE TE IMPRESSIONOU E SOBRE A QUAL VOCÊ GOSTARIA DE TER FALADO.

MARIE JOSÉ Imagens assustadoras?

EMMA Sim, que até hoje me dão pesadelos.

MARIE JOSÉ São coisas sobre as quais ninguém fala?

EMMA Não, pelo contrário, todo mundo falou disso, menos eu.

MARIE JOSÉ Uma catástrofe?

EMMA Sim, o tsunami.

MARIE JOSÉ O que é o tsunami?

EMMA É o avanço muito forte do mar, que destruiu tudo num país.

MARIE JOSÉ Na Indonésia.

EMMA Vimos a onda imensa que arrebentou tudo, afogou tudo.

MARIE JOSÉ Mas você estava em segurança. O que te deu medo?

EMMA Tive muito medo porque a gente via os mortos e as mães procurando seus bebês. Teve uma onda que tirou o bebê dos braços da mãe... Foi horrível!

MARIE JOSÉ E quando você viu essas imagens, você estava sozinha...

EMMA Não, estávamos em casa, eu, meus pais e minha irmãzinha.

MARIE JOSÉ E em que você pensou?

EMMA Não pensei em nada. Tive medo, mas não disse nada. Aí, à noite, fiquei com medo de ir para a cama e me deu vontade de chorar.

MARIE JOSÉ E você falou sobre isso?

EMMA Não, não consegui falar e fiquei com medo de rirem de mim.

MARIE JOSÉ Mas por que alguém iria rir de você?

EMMA Porque eu estava com vontade de chorar e não tinha acontecido nada comigo.

MARIE JOSÉ Mas, quando a gente não consegue nem falar, alguma coisa com certeza está acontecendo.

EMMA Não sei.

MARIE JOSÉ Quer que a gente fale disso, agora?

EMMA Quero, sim.

MARIE JOSÉ Isso talvez tenha relação com o que falamos há pouco.

EMMA Com o quê?

MARIE JOSÉ Com a questão que levantamos sobre saber se as imagens podem nos impedir de pensar ou de falar uns com os outros.

EMMA Sim, talvez.

MARIE JOSÉ Você quer escrever no nosso caderno aquilo que você viu e desenhar aquilo que te deu medo?

EMMA Tá bom.

MARIE JOSÉ E, em seguida, será que podemos ler o que você tiver escrito?

EMMA Tudo bem.

Caderno do pensamento do mundo

Vi na televisão casas destruídas e pessoas
que choravam, e também mortos perto
do mar.
Todas as casas estavam derrubadas,
a gente via os telhados boiando na água.
E tudo estava afogado, e as crianças
estavam sozinhas.
Órfãos por toda parte, e por toda parte pessoas
que choravam.
Aqui também todo mundo chorava.
Então enviamos medicamentos e roupas
e dinheiro.
Vi helicópteros que chegavam com enfermeiras
e presidentes da República e também aviões
que traziam aqueles que vinham procurar suas
famílias.
Muitas pessoas muito pobres, que tinham fome e
que necessitam de muito dinheiro.
E eu não posso fazer nada e agora tenho medo de
que meus pais morram e também de que todos nós
morramos, tenho medo o tempo todo de acabar
sozinha na onda.

Tenho vontade de chorar, é isso,
e tenho medo de dormir.
Eu me sinto afogada.
Realmente afogada.

MARIE JOSÉ Quando leio o que você escreveu, fico impressionada com algumas palavras.

EMMA Que palavras?

MARIE JOSÉ Você diz que tem medo da morte, medo de ficar sozinha e afogada.

EMMA Sim.

MARIE JOSÉ Mas afogada em quê?

EMMA Nas imagens da morte.

MARIE JOSÉ Você teve a impressão de que as imagens da televisão eram como uma onda?

EMMA Sim, uma onda enorme, realmente gigantesca, que ia entrar na sala e matar todos nós.

MARIE JOSÉ Mas essa impressão não te impedia de pensar que, na realidade, você estava sã e salva num lugar seco, e que quem morria eram os outros, bem longe.

"Tive medo, mas não disse nada. Aí, fiquei com medo de ir para a cama e me deu vontade de chorar."

EMMA Sim, isso mesmo. Mas eu me sentia como eles, como se fosse eles.

MARIE JOSÉ E se refletíssemos juntas sobre os diversos meios de salvar as pessoas afogadas?

EMMA Os afogados de verdade?

MARIE JOSÉ Sim, primeiro eles.

EMMA É preciso aviões, barcos, remédios, roupas, casas.

MARIE JOSÉ Para tudo isso, é preciso dinheiro.

EMMA Sim, muito.

MARIE JOSÉ E você, quando você se sente afogada pelas imagens, você acha que é preciso muito dinheiro para te salvar?

EMMA Claro que não!

MARIE JOSÉ Eu te proponho, então, construir um barco imaginário em que nós duas vamos embarcar.

EMMA Posso desenhá-lo?

MARIE JOSÉ Claro!

EMMA Nós duas vamos ser mais fortes do que as ondas.

MARIE JOSÉ Sim. O que vamos colocar nesse barco para ficarmos bem protegidas?

EMMA Coletes salva-vidas.

MARIE JOSÉ Tudo bem, mas você sabe que estamos num barco imaginário... E são as imagens que nos submergem. Então, vamos fabricar um colete salva-vidas imaginário!

EMMA E, nesse barco, vamos colocar também as palavras que salvam!

ESTAMOS NUM BARCO IMAGINÁRIO, E SÃO AS IMAGENS QUE NOS SUBMERGEM, VAMOS FABRICAR UM COLETE SALVA-VIDAS IMAGINÁRIO!
E VAMOS COLOCAR NESTE BARCO AS PALAVRAS QUE SALVAM!
PALAVRAS

PALAVRAS
PALAVRAS

MARIE JOSÉ Que expressão maravilhosa!

EMMA Você acha?

MARIE JOSÉ Sim, acho que você diz algumas coisas que me dão vontade de continuar fazendo filosofia.

EMMA Ah, é? Por que, você não estava mais com vontade?

MARIE JOSÉ Encontro muitas vezes pessoas que adoram ser afogadas pelas imagens e até pelas palavras. Elas se esquecem de que, ao contrário, as imagens e as palavras, juntas, deveriam nos ajudar a não nos afogar. Nessas horas, chego a me perguntar se posso continuar a ser filósofa.

EMMA A gente pode se afogar em palavras também?

MARIE JOSÉ Claro! Entre os filósofos, muitas vezes, há verdadeiros tsunamis de palavras.

EMMA Estou tentando imaginar um tsunami de filósofos.

MARIE JOSÉ E o que você vê?

EMMA Imagino um monte de gente falando e fazendo ondas enormes com palavras incompreensíveis que não significam mais nada.

MARIE JOSÉ Isso e o que mais?

EMMA Tenho vontade de desenhar uns filósofos grandões que não fazem mais perguntas e que arrebentam tudo como uma tempestade!

MARIE JOSÉ Filósofos que não pediriam sua opinião sobre as imagens!

EMMA Mas então eles não são mais filósofos!

MARIE JOSÉ Você tem toda a razão.

EMMA Também não podemos exagerar, esses filósofos enormes não matam como um verdadeiro tsunami!

MARIE JOSÉ É como aconteceu com você e as imagens da televisão: você não morreu de verdade, afogada pela onda de imagens, mas você pode se sentir morta e ter um medo real.

EMMA Quando tenho medo, não penso em mais nada.

MARIE JOSÉ Sem pensamentos, sem palavras...

EMMA Mas os filósofos... eles sempre falam? Até mesmo aqueles que fazem apenas grandes ondas?

MARIE JOSÉ Sim, mas nem todos constroem barcos onde colocar "as palavras que salvam", como você disse.

EMMA Então, esses são filósofos-catástrofes!

MARIE JOSÉ É, podemos dizer que sim!

EMMA E você, quer salvar os outros?

MARIE JOSÉ Eu não quero nada. Estou no mesmo barco que você, e que nós duas, juntas, estamos construindo. Além disso, foi você que me disse o que colocar nesse barco, então, foi você que nos salvou.

EMMA Uau, isso é bem importante!

MARIE JOSÉ Aliás, estou muito contente, porque agora a gente já sabe como não se afogar mais.

EMMA Eu também.

VOCÊ TOPA FALAR MAIS UM POUCO SOBRE A PROFISSÃO DE JORNALISTA?

SIM, CLARO, MAS ACHEI QUE JÁ TÍNHAMOS ESGOTADO O ASSUNTO.

NA VERDADE, EU QUERIA QUE A GENTE FALASSE SOBRE UM JORNALISTA QUE NÃO FOSSE COMO VOCÊ.
EM QUEM A GENTE NÃO PUDESSE CONFIAR?
SIM. COMO VOCÊ IMAGINA QUE UM JORNALISTA ASSIM SE COMPORTARIA?
DE ACORDO COM O QUE CONVERSAMOS, ACHO QUE ELE ME MOSTRARIA IMAGENS E DIRIA COISAS QUE ME IMPEDIRIAM DE REFLETIR E DE DISCUTIR COM OS OUTROS.
COMO ELE FARIA ISSO?
AH, ISSO NÃO SEI, NÃO.

MARIE JOSÉ Então, vamos pegar um exemplo: imaginemos que num país qualquer esteja acontecendo uma guerra.

EMMA Sim.

MARIE JOSÉ E que você queira compreender por que as pessoas lutam e se existem pessoas que têm razão e outras que não têm razão.

EMMA Estou entendendo. Neste momento, por exemplo, está acontecendo uma guerra no Iraque, e todos os dias vemos imagens na televisão.

MARIE JOSÉ E você entende o que está acontecendo?

EMMA Não, não estou entendendo nada, mas é horrível.

MARIE JOSÉ O que a gente está vendo na televisão?

EMMA Vemos soldados e bombas e mortos. É tudo muito violento.

MARIE JOSÉ O que você pensa sobre isso?

EMMA É triste ver todos esses mortos e as pessoas que choram perto dos soldados. Sou contra essa guerra porque ela é terrível.

MARIE JOSÉ Mas você compreende a razão dessa guerra?

EMMA Não, e isso me dá medo.

MARIE JOSÉ O mesmo medo que você sente de um monstro ou de uma onda gigante?

EMMA Não, porque não acredito muito em monstros, eles me fazem é rir.

MARIE JOSÉ Então, como uma onda gigante, como um terremoto?

EMMA Pior ainda.

MARIE JOSÉ Por quê?

EMMA Porque o terremoto não acontece pela vontade dos homens, enquanto que a guerra é diferente.

MARIE JOSÉ São os homens que criam a catástrofe?

EMMA Sim.

MARIE JOSÉ Então você gostaria de compreender por que eles decidem uma coisa tão terrível?

EMMA Sim, eu gostaria de saber quem são os bons e quem são os maus.

> "Ou seja, violência em excesso nas imagens impede de refletir?"

MARIE JOSÉ Você acha que as imagens podem responder à sua pergunta?

EMMA Não, lembro que dissemos que as imagens não falam sozinhas. E é claro que elas não podem mesmo responder, já que não escutam minha pergunta.

MARIE JOSÉ Mas a televisão explica bem as razões da guerra?

EMMA As imagens da guerra na televisão me dão vontade de não ver e de não pensar na guerra.

MARIE JOSÉ Ou seja, violência em excesso nas imagens te impedem de refletir?

EMMA Com certeza!

MARIE JOSÉ Não é a mesma coisa dos medos que dão prazer?

EMMA De jeito nenhum, é um medo que não conta nada e que não acaba nunca.

MARIE JOSÉ Mas essas coisas terríveis são mostradas, elas são reais e é preciso acreditar nelas.

EMMA É, a gente é obrigada a acreditar, porque o que vemos é a realidade, mesmo se a gente não compreende nada.

MARIE JOSÉ Você se sente obrigada a acreditar?

EMMA Tenho vontade de olhar e tenho vontade de não olhar, é estranho isso que digo.

MARIE JOSÉ Não, não é estranho, sinto a mesma coisa. Eu diria que sinto vontade de saber mas não necessariamente de ver o que me mostram desse jeito.

EMMA Queria dizer uma coisa que está me chateando.

MARIE JOSÉ O quê?

EMMA Quando falamos do tsunami, procuramos o que poderíamos fazer para não afogar, mas, com a guerra, nem imagino como podemos construir um barco imaginário.

MARIE JOSÉ Talvez a gente tenha que refletir de uma maneira diferente quando se trata de atos violentos e cruéis cometidos pelos homens.

EMMA De que maneira?

MARIE JOSÉ Falando um pouco mais sobre as imagens da guerra na televisão. Você me disse que se sentia obrigada a acreditar e que, ao mesmo tempo, tinha vontade de fugir dessas realidades.

EMMA Sim.

MARIE JOSÉ Na sua opinião, a guerra faz parte das coisas sobre as quais podemos fazer afirmações tão seguras como dois e dois são quatro?

"Na sua opinião, a guerra faz parte das coisas sobre as quais podemos fazer afirmações tão seguras como dois e dois são quatro?"

EMMA Não, penso que a guerra faz parte das coisas não seguras, como aquelas de que os filósofos falam!

MARIE JOSÉ Ou seja, das coisas sobre as quais é preciso conversar para compreender e ter uma opinião. Quando falamos de uma operação militar, não estamos falando de uma adição nem de uma subtração.

EMMA Claro que não, falamos do que os soldados fazem.

MARIE JOSÉ E esses soldados, você acha que eles fazem o que têm vontade?

EMMA Não, eles obedecem aos generais e aos presidentes da República.

MARIE JOSÉ De qualquer maneira, eles fazem o que outras pessoas acham que eles devem fazer.

EMMA Sim, e os soldados têm que obedecer. Quando eles desobedecem, são muito punidos.

MARIE JOSÉ Se eu te mostrar as bombas, os mortos, o que os soldados fazem, será que essas imagens te farão compreender o que pensam exatamente aqueles que comandam os soldados?

EMMA Acho que não. Além disso, mesmo que eu quisesse saber quem tem razão, eu não teria como, porque em todo lugar é igual.

MARIE JOSÉ O que você quer dizer?

EMMA Quero dizer que as bombas, os mortos e as pessoas que choram... isso é igual no mundo inteiro, ou seja, isso não explica quem são os bons e quem são os maus.

"Então, a televisão é um instrumento importante para pensar o mundo?"

MARIE JOSÉ Mas o que você vê na televisão?

EMMA Vejo os acontecimentos violentos e a morte. Mas acho que, apesar de tudo, eles falam um pouco sobre quem tem razão e sobre quem não tem.

MARIE JOSÉ Então, é preciso acreditar no que vemos e no que compreendemos?

EMMA A gente é obrigada.

MARIE JOSÉ Não somos obrigados a ver somente um programa de televisão, nem a escutar uma só pessoa. Podemos ler jornais e escutar rádio.

EMMA Sim, mas, no meu caso, eu fico sabendo das coisas principalmente pela televisão.

MARIE JOSÉ Então, a televisão é um instrumento importante para pensar o mundo?

EMMA Sim, muito importante.

MARIE JOSÉ Então, é mais importante ainda que possamos acreditar naqueles que nos mostram imagens e que nos explicam as notícias.

EMMA É preciso que eles nos ajudem a refletir. Não quero ser obrigada a pensar qualquer coisa.

MARIE JOSÉ Seria como se a gente obedecesse à televisão.

EMMA Acho que é como se o jornalista ficasse convencido de que é o rei das imagens e das palavras. Eu, quando penso, não quero obedecer a ninguém.

MARIE JOSÉ Gosto muito do seu jeito de falar, porque acho que aqueles que usam palavras e imagens nunca deveriam nos obrigar a obedecer sem compreender.

EMMA É o que eu penso.

MARIE JOSÉ Você acha que para pensar é preciso desobedecer?

EMMA Podemos desobedecer àqueles que nos impedem de pensar.

MARIE JOSÉ Hum, vou guardar essa ideia sua, ela é muito preciosa. Não quero obedecer só porque tenho medo.

EMMA E acreditar só no que dá medo?

MARIE JOSÉ Exatamente.

EMMA Mas então é preciso que todos conversem diante da televisão?

MARIE JOSÉ O máximo que for possível.

EMMA Isso é difícil, porque a televisão nunca para e, quando para, é hora de fazer os deveres de casa ou de ir dormir.

MARIE JOSÉ Você quer dizer que a gente nunca desliga a televisão simplesmente para conversar sobre o que vimos e o que entendemos?

EMMA Não, nunca. Sempre me dizem para parar de ver televisão porque tem outra coisa mais importante para fazer.

MARIE JOSÉ E o que você pensa disso?

EMMA Bom, eu gostaria que a gente desligasse a televisão para conversar, acho que assim eu teria menos medo.

MARIE JOSÉ E você teria tempo para compreender um pouco mais.

EMMA Você acha que falando sobre isso eu compreenderia melhor o que se passa na cabeça dos generais e dos presidentes?

MARIE JOSÉ Você me disse, uma outra vez, que um bom jornalista era alguém que fazia compreender o que não estava na imagem e que fazia compreender as imagens.

EMMA Eu me lembro, você me disse que era o fora de campo.

MARIE JOSÉ E eu te disse também que não estava falando dos campos!

EMMA Mas a gente diz "campo de batalha".

MARIE JOSÉ É verdade.

EMMA Você quer dizer que, para compreender a guerra, não é a imagem do campo de batalha que vai me ajudar, mas sim o que está fora do campo de batalha?

MARIE JOSÉ Muito bem, você é mais rápida do que eu. Foi exatamente isso que eu quis dizer ao falar do fora de campo.

EMMA Mas, então, para compreender uma guerra, é preciso saber muitas outras coisas que não vemos na guerra?

MARIE JOSÉ É verdade.

EMMA E, se olho apenas a violência, não saberei se a guerra é uma verdadeira guerra e se alguém tem razão.

MARIE JOSÉ É bem possível que não. É preciso gastar um tempo para refletir também sobre aquilo que não vemos imediatamente, e não apenas sobre o que nos dá medo e que é igual por toda a parte.

EMMA Sim, mas a gente não tem esse tempo.

MARIE JOSÉ As imagens e as palavras nos exigem tempo para refletirmos e para termos uma opinião.

EMMA Mas você me disse que as imagens moravam num país sem hora!

MARIE JOSÉ É verdade, mas, veja bem, a televisão é como um relógio enorme que gostaria de fazer o mundo inteiro viver no mesmo tempo e o mais rápido possível.

EMMA O relógio que eu prefiro é o relógio do recreio. A coisa de que mais gosto é ter bastante tempo.

MARIE JOSÉ Pra quê?

EMMA Pra brincar e pra pensar sem horários...

PALAVRAS
QUE

O que você quer ver do mundo?

MARIE JOSÉ Encontramos um jeito de escapar do afogamento, e isso é ótimo, mas eu gostaria que esse barco não fosse apenas uma jangada para navegar entre as catástrofes.

EMMA O que você quer dizer?

MARIE JOSÉ Gostaria que ele fosse bastante forte para nos permitir navegar e resistir a outras ameaças, mas também para fazer belas viagens.

EMMA Que ameaças?

MARIE JOSÉ Na vida que levamos aqui, não há tsunamis nem guerra perto de nós. Porém, todos os dias, ouvimos falar de violência, de crimes... Todas essas coisas que vemos na televisão, que são faladas na rádio e nos jornais, vemos imagens disso todos os dias.

EMMA Como os crimes contra crianças?

MARIE JOSÉ Por exemplo.

EMMA Então, vai ser preciso construir um barco imaginário todos os dias?

MARIE JOSÉ É um pouco isso. Seria preciso que olhássemos juntas muitas imagens e conversássemos sobre elas para que o barco fosse cada vez mais forte e nos permitisse viajar para bem longe, e até mesmo viajar cada uma por sua conta.

EMMA Você disse que podíamos também fazer lindas viagens.

MARIE JOSÉ Sim, penso que sim. Um belo livro ou um belo filme, mesmo se for um pouco triste, pode nos fazer viajar sem perigo e com prazer.

EMMA Isso é verdade, gosto muito de algumas histórias um pouco tristes.

MARIE JOSÉ Eu também, mas os crimes contra as crianças, que a gente vê na televisão, não nos permitem fazer belas viagens.

EMMA Eu acho que, quando as coisas são muito violentas, não deviam ser mostradas às crianças.

MARIE JOSÉ É o que você pensa?

EMMA É o que meus pais pensam.

MARIE JOSÉ Sei, mas qual é sua opinião?

EMMA Na verdade, não sei muito bem, porque não gosto de ter medo, mas também não gosto que me escondam a realidade.

MARIE JOSÉ Por que não?

EMMA Porque, se não sei como é o mundo, quando eu for grande não compreenderei nada e nunca poderei refletir nem me defender.

MARIE JOSÉ Então, você tem vontade de ver o mundo como ele é, sem ninguém te mostrando e te pondo medo, mas te ajudando a se defender.

"Então, você não quer que escondam de você a realidade do mundo."

EMMA Isso mesmo, eu quero saber tudo mas sem ficar infeliz, e ser mais forte.

MARIE JOSÉ Às vezes é difícil, mas talvez haja várias maneiras de ficar infeliz.

EMMA Não estou entendendo.

MARIE JOSÉ Quero dizer que o fato de saber das dificuldades que acontecem aos outros não precisa me dar medo. Seria melhor que me deixasse mais forte.

EMMA Concordo com você e, além disso, quando tenho muito medo, não sei mais o que fazer, tenho vontade de me esconder.

MARIE JOSÉ Mas você quer fazer alguma coisa?

EMMA Sim, muitas vezes gostaria de poder ajudar aqueles que estão em dificuldades.

MARIE JOSÉ E, para isso, você não pode deixar que eles te façam medo ou que façam você se sentir fraca.

EMMA Sim, isso mesmo.

MARIE JOSÉ É por isso que eu te dizia que talvez houvesse várias maneiras de ficar infeliz diante do que vai mal: ou ficamos com medo e não fazemos nada, ou então compreendemos o sofrimento dos outros e nos aproximamos deles para ajudá-los.

EMMA Compreendo, é como no caso do tsunami, não podemos achar que nós também estamos nos afogando!

MARIE JOSÉ Exatamente. É por isso que eu gostaria que a gente pensasse na frase que você disse ainda há pouco.

EMMA Qual?

MARIE JOSÉ Que a gente não devia mostrar coisas violentas às crianças. Você não acha que, agora, podemos dizê-la de outro modo?

EMMA Ah, sim, já entendi. Podemos dizer que não devemos meter medo, mas devemos, apesar de tudo, sempre mostrar a realidade, para fortalecer.

MARIE JOSÉ Então, você não quer que te escondam a realidade do mundo.

EMMA Se vou à escola, é também para aprender as coisas da vida real..

MARIE JOSÉ E essas coisas te ajudam a crescer e a compreender o mundo.

EMMA Sim.

MARIE JOSÉ Você acha que sua professora te esconde alguma coisa?

EMMA Não, ela me explica tudo aquilo que posso compreender, ela não me esconde nada.

MARIE JOSÉ Então, você concorda comigo quando digo que, todo ano, à medida que você vai crescendo, os professores explicam cada vez mais coisas que você pode compreender cada vez melhor.

EMMA É isso.

MARIE JOSÉ Mas acha que aquilo que ainda não é mostrado está sendo escondido de você?

EMMA Não, não está sendo escondido; é preciso esperar que eu tenha mais idade para compreender, porque é muito difícil.

MARIE JOSÉ Você acha que, na televisão, há imagens que você não pode compreender porque são muito difíceis.

EMMA Não, as imagens não são a realidade do mundo, mas meus pais dizem que é preciso esconder as imagens que não são boas para as crianças.

MARIE JOSÉ Deveriam, então, ter escondido o tsunami?

EMMA Ah, não, isso não, é preciso que eu conheça a realidade, mas eu teria preferido que fosse de outra maneira.

MARIE JOSÉ Como?

EMMA Já te disse: sem imagens de cadáveres e órfãos o tempo todo.

MARIE JOSÉ Como dissemos outro dia, você prefere as imagens que nos permitem conversar e compreender.

EMMA É isso, não só imagens que dão medo e nada mais.

MARIE JOSÉ Talvez seja a mesma coisa no amor e no sexo: é preciso imagens e palavras que possamos dividir sem medo.

"Talvez seja a mesma coisa no amor e no sexo: é preciso imagens e palavras que possamos dividir sem medo."

EMMA Sim, acho que isso seria legal.

MARIE JOSÉ Seria melhor do que esconder?

EMMA Sim, a gente poderia ver tudo sem ter pesadelos ou ideias estranhas, a gente poderia compreender.

MARIE JOSÉ Que ideias estranhas?

EMMA As ideias que não posso dizer.

MARIE JOSÉ Sobre sexo?

EMMA Sim, e sobre o amor também, porque sou muito pequena.

MARIE JOSÉ Muito pequena para amar?

EMMA ...

MARIE JOSÉ Não vai responder?

EMMA ...

MARIE JOSÉ Bem, acho que as crianças podem amar com tanta força quanto os adultos. Talvez seja por isso que você não me responde.

EMMA Mas a gente não ama com sexo como no cinema e na televisão.

MARIE JOSÉ Sem dúvida, mas tenho certeza de que você ama muito algumas pessoas.

EMMA Sim, meus pais, com certeza, mas não só eles.

MARIE JOSÉ Penso também que você deve ter curiosidade em saber como os adultos se amam.

EMMA Sim, é verdade.

MARIE JOSÉ Podemos falar disso, se você quiser.

EMMA Sim, mas é proibido ver imagens e filmes sobre essas coisas.

MARIE JOSÉ Por que, na sua opinião?

EMMA Não sei muito bem. Sei que, na minha classe, alguns colegas meus conseguiram ver umas imagens proibidas.

MARIE JOSÉ E o que eles disseram?

EMMA Acharam engraçado.

MARIE JOSÉ Não tiveram pesadelos, não?

EMMA Não, já falei que nós morremos de rir.

MARIE JOSÉ Você também viu essas imagens?

EMMA Eu não disse isso.

MARIE JOSÉ Por que será que essas coisas, que não nos dão medo e que até nos fazem rir, são proibidas?

EMMA Acho que é, por um lado, porque os pais querem se esconder e, por outro, porque nós temos prazer em saber dessas coisas.

MARIE JOSÉ Isso que você falou nos ajuda a avançar um pouco mais: você quer dizer que alguém que esconde isso é alguém que se esconde, e que estamos falando de esconder o prazer.

EMMA Sim, veja, quero dizer que os pais não querem que a gente presencie sua vida sexual e amorosa.

MARIE JOSÉ E as crianças também não querem que a gente as veja em seus prazeres?

EMMA É um pouco isso, você tem razão, cada um tem seus segredos e não queremos misturar.

MARIE JOSÉ Escondemos por pudor.

EMMA Pudor...o que é isso?

MARIE JOSÉ É o sentimento que nos faz proteger do olhar dos outros alguma coisa que é íntima, que é só nossa, ou que, às vezes, até dividimos com alguém, mas não com todo mundo.

EMMA Compreendo; é como quando eu não te conto meus segredos.

MARIE JOSÉ Sim. Você gostaria que seus pais mostrassem a todo mundo a vida íntima deles?

EMMA Não, claro que eu não gostaria e, no meu caso, eu também não gostaria que me perguntassem coisas que não quero dizer.

MARIE JOSÉ Ou mostrar aquilo que você não gosta de mostrar?

EMMA Sim, eu não quero mais que me vejam nua, por exemplo.

MARIE JOSÉ Está vendo? Você já sabe o que é pudor.

EMMA Então, por que mostram tudo na televisão e no cinema?

MARIE JOSÉ Você sabe muito bem que não mostram exatamente tudo!

EMMA Mas, mesmo assim, mostram aquilo que é proibido pelos pais.

MARIE JOSÉ O que você acha que a gente vê nessas imagens proibidas?

EMMA Pessoas peladas.

MARIE JOSÉ E você nunca viu pessoas peladas?

"Pra mim, as imagens preferidas sobre o amor são os meus desenhos."

EMMA Claro que sim.

MARIE JOSÉ Então, isso não seria uma surpresa para você.

EMMA Seria, sim, porque elas fazem coisas.

MARIE JOSÉ Que coisas?

EMMA Coisas que as crianças não podem fazer.

MARIE JOSÉ Por quê?

EMMA Porque são muito pequenas.

MARIE JOSÉ De qualquer maneira, quando te proíbem de ver certas coisas na televisão, não é porque você não compreenderia.

EMMA Tem razão, eu compreenderia, sim.

MARIE JOSÉ Então, vamos tentar entender por que proíbem algumas coisas que podemos compreender mas não podemos fazer.

EMMA Deve ser para que a gente compreenda que elas devem ficar escondidas enquanto a gente não puder fazê-las.

MARIE JOSÉ Exatamente, mas isso não impede as crianças e os adultos de ficarem curiosos ou excitados diante de imagens sexuais.

EMMA Talvez, mas não junto.

MARIE JOSÉ Você acha que a sexualidade te faz pensar no amor que você sente por algumas pessoas?

EMMA Não, de jeito nenhum; na minha cabeça, isso é bem separado.

MARIE JOSÉ Então, talvez seja preciso falar de cada um separadamente até que possamos falar do amor e do corpo sem separar os dois.

EMMA Quando?

MARIE JOSÉ Isso é uma coisa que chega aos poucos e que permite escolher imagens que preferimos para pensar no amor.

EMMA Pra mim, as imagens preferidas tanto sobre o amor como, aliás, sobre o que eu detesto são meus desenhos.

MARIE JOSÉ Talvez, ao crescer, a gente possa ir juntando devagarzinho os pensamentos sobre amor com os pensamentos sobre sexo.

EMMA Vou te contar minha ideia: quero que me expliquem as coisas sobre sexo, mas não quero que meus pais me mostrem nada sobre isso, prefiro que meus amigos façam isso.

MARIE JOSÉ Você quer dizer que existem imagens que não podemos dividir com nossos pais. Assim, à medida que crescemos, ficamos mais distantes de nossos pais e aproximamos as imagens do amor das imagens do sexo.

EMMA Sim, sinto vergonha com meus pais, mas não com meus amigos. Estou doida para crescer logo e poder ver tudo o que eu quiser.

MARIE JOSÉ É muito importante isso que você sente: se estou entendendo bem, o sexo é uma curiosidade importante, mas crianças e adultos não devem dividir essa curiosidade juntos.

EMMA É isso mesmo, eu não gostaria de ver imagens de sexo junto com meus pais.

MARIE JOSÉ E pode ter certeza de que seus pais também não. Isso nos esclarece um pouco sobre aquilo que é proibido.

EMMA Como?

MARIE JOSÉ Bem, os adultos proíbem às crianças aquilo que os adultos e as crianças não podem dividir. Não é porque o sexo é proibido para crianças. É que, entre adultos e crianças, o sexo não é possível.

EMMA Sim, mas penso que, de qualquer maneira, é preciso responder às perguntas das crianças. Não é preciso esconder delas algumas coisas, mas é preciso não lhes fazer mal.

MARIE JOSÉ É interessante o que você diz: como podemos fazer mal às crianças?

EMMA Sei que há pessoas que atacam o corpo das crianças.

MARIE JOSÉ Você quer dizer que essas pessoas não correspondem de jeito nenhum às perguntas que as crianças se fazem sobre sexualidade?

EMMA Não, de jeito nenhum. Elas não amam as crianças.

MARIE JOSÉ Você tem razão. Mas, geralmente, falamos dessas pessoas dizendo que elas amam as crianças. Isso, então, é um erro?

EMMA É impossível fazer mal a alguém que amamos. Penso outra coisa, mas é difícil dizer.

MARIE JOSÉ Tenta. Acho que você quer falar de amor.

EMMA Sim.

MARIE JOSÉ O que você quer me dizer? Por exemplo, que... mesmo quando se é criança, a gente ama intensamente?

EMMA Eu queria dizer a meus pais que eu amo alguém, mas não gosto que eles fiquem me fazendo perguntas ou que leiam meus segredos. E, se eu não quiser falar com ninguém sobre isso, quero que me deixem tranquila.

MARIE JOSÉ Você fala com muita clareza: seus sentimentos são só seus e você quer que eles sejam respeitados. Mas você pode contar seus sentimentos para a pessoa que você ama?

EMMA Nem sempre.

MARIE JOSÉ Então, como você faz?

EMMA Tem um menino na minha sala que eu amo de verdade, fico com ele na hora do recreio, brinco com ele, dou presentes, faço desenhos e escrevo coisas pra ele.

MARIE JOSÉ Você se expressa com gestos, palavras e imagens, e isso te deixa feliz?

EMMA Muito feliz e, algumas vezes, muito infeliz.

MARIE JOSÉ Você fica inquieta, com ciúmes?

EMMA Fico.

MARIE JOSÉ Mas, quando você pensa nele, você pensa nas imagens proibidas de que falamos agora há pouco?

EMMA Não, mas gosto muito de dar uns beijinhos nele.

MARIE JOSÉ É como fazem os adultos. Podemos ser crianças e ter emoções de gente grande.

EMMA Então, podemos também ser adultos e ter emoções de criança?

MARIE JOSÉ Perfeitamente. Acho até que as grandes histórias de amor frequentemente nos transformam em crianças, e nos sentimos bem felizes com isso.

EMMA Por que vocês ficariam felizes de se sentirem crianças novamente?

MARIE JOSÉ Porque, de repente, o mundo fica de cara nova, como quando descobrimos tudo pela primeira vez.

EMMA É assim o amor entre os adultos?

MARIE JOSÉ Deveria ser.

EMMA Os apaixonados enxergam como os filósofos, então?

MARIE JOSÉ Eu diria que os filósofos é que deveriam enxergar como os apaixonados.

EMMA Estou com vontade de te dizer mais uma coisa, talvez você goste, não sei.

MARIE JOSÉ Diga lá.

ESTOU COM VONTADE DE TE DIZER MAIS UMA COISA, TALVEZ VOCÊ GOSTE, NÃO SEI.

DIGA LÁ.

BEM, FIZ UMA POESIA E UM DESENHO PARA O MENINO DE QUEM EU GOSTO E, JÁ QUE VOCÊ E EU TEMOS FALADO ESSE TEMPO TODO DE TUDO O QUE SE PASSA NA NOSSA CABEÇA, RESOLVI COLOCAR MINHA POESIA E MEU DESENHO NO NOSSO CADERNO DO PENSAMENTO DO MUNDO.

NOSSA! FICO MUITO EMOCIONADA E
TE AGRADEÇO POR ESSE LINDO SINAL DA AMIZADE
E DA CONFIANÇA ENTRE NÓS DUAS.

A autora

Filósofa e escritora, Marie José Mondzain é diretora de pesquisa no CNRS (Centre National de la Recherche Scientifique). Especialista em comunicação por imagens, ela é autora de vários livros, entre os quais *A arca e o arco-íris: Michelangelo, o teto da Capela Sistina* (Le Passage, 2006), *O comércio dos olhares* (Seuil, 2003) e *A imagem pode matar?* (Bayard, 2002). Dirigiu o grupo Ver em Conjunto, que reúne contribuições de personalidades do mundo da criação e do pensamento.

A ilustradora

Sandrine Martin nasceu em 1979. Estudou na escola Les Arts Décoratifs, de Paris, e trabalha para a imprensa e para editoras de livros infantis. Ganhou o prêmio Fnac para jovens talentos de histórias em quadrinhos em 2003.

Este livro foi composto com tipografia Palatino e impresso em papel Off set 90 g na Formato Artes Gráficas.